KB099378

착한 애인은 없다네

착한 애인은 없다네

이 창 기 시 집

창비

차 례

제1부

시의 시대

라면이 끓는 사이 냉장고에서 달걀 하나를 꺼낸다. 무정
란이다. 껍데기에는 붉은 핏자국과 함께 생산일자가 찍혀
있다. 누군가 그를 낳은 것이다. 비좁은 닭장에 갇혀, 애비
도 없이. 그가 누굴 닮았건, 그가 누구이건 인 마이 마인드,
인 마이 하트, 인 마이 소울을 외치면 곧장 가격표가 붙고
유통된다. 소비는 그의 약속된 미래다. 그는 완전한 무엇이
되어 세상 밖으로 날아오르기를 꿈꾸지 않았다. 자신의 처
지를 한탄하거나 누군가를 애끓게 사랑했던 기억도 없다.
그런데 까보면 노른자도 있다. 진짜 같다.

오늘의 시

　최초의 아이디어 제안자가 누구였는지에 대해서는 논란이 있지만 그 작업은 전략 컨설팅 분야의 세계적인 리더인 보스턴컨설팅그룹에 의해 실행되었다. 지역과 민족, 국가를 뛰어넘어 한 시대를 풍미하는, 누구나 쉽게 읽고 공감할수 있는 수준 높은 한편의 대표 시를 만들어 전세계에 유통시키자는 이 비밀 프로젝트를 위해 보스턴컨설팅그룹은 서로 다른 언어권에서 자란 정장 차림의 세명의 직원을 특채해 팀을 꾸렸다.

　한 직원은 하버드대학 와이드너도서관, 옥스퍼드대학 보들리안도서관, 덴마크 왕립도서관, 뉴욕 공공도서관을 뒤져 최근 백년 동안 발표된 주목할 만한 시들 중에서 인생의 쓴맛에 몸부림쳤던 독자들로부터 큰 호평을 받은 시 만편을 가려냈다. 또 한 직원은 루이스 캐럴의 『실비와 브루노』에 나오는 '나'와 백작의 딸 뮤리엘과의 대화에서 착안해 이 시들의 최소공배수를 찾아내서 가장 고도로 집중된 이미지 이외의 표현들을 지워나갔다. 참고해야 할 시의 분량은 대폭 줄어들었고, 질적인 면에서도 훨씬 나아질 것이라는 기대에 모두 동의했다. 또 다른 직원 하나는 1세기 말 프랑스 리옹에서 열린 문학경연대회 참가자 중에 수상하지 못한 사람들은 그 이후로 시 쓰기를 포기해야 한다는 법이 시행되었다는 사실을 찾아냈다. 이것은 그 어떤 열정도 충분치 않다는 생각에서 출발한 이류 문학이 당대 문학의 빈약한 상상력을 확대재생산하므로 존재 자체를 없애야 한다는 주장을 뒷받침하는 중요한 전거가 되었다.

첫 단계로 시적 주체 혹은 화자의 성격을 정했다. 그는 일관된 개인으로서 감각적이고, 정신적이고, 기발하고, 환상적이며, 비실용적이고, 순수하며, 심오하고, 우습지 않으면서 야릇하고, 자기중심적이 아니면서 내면적이고, 공격적이지 않으나 반사회적이며, 증오심이 없으나 혁명적이며, 음모하지 않으나 무정부주의자이며, 광란주의자는 아니나 열정적인 자이어야 했다. 또한 부귀나 권력이 아닌 삶을 사랑하되 사물의 은폐된 면을 드러내고 드러난 면을 재발견하며, 일상적인 삶을 노래하고 삶의 일상성에 대해 비통해하되 자상하면서도 강하고, 조심스럽되 분명하고, 조용하고 부드럽되 열정적이며, 타산적이지 않고, 결코 포기하지 않으며, 거짓을 꾸미지 않아야 한다는 앙리 슈하미의 제안도 반영했다. 다만 시의 출발점이 되는 생각이나 중심 사상은 제한하지 않았다. 시간성, 공간성, 사실적인 세계, 상상세계, 삶, 죽음, 사랑, 아름다움과 추함, 사명감, 공장노동자, 몽당빗자루, 하품, 맥도널드, 관세, 캐나다 단풍잎, 오리너구리 등 모든 것이 시 속에 묘사될 수 있었다.

단어를 고르고 이미지를 만드는 것은 실행위원회에 주어진 일이었다. 세계 각국의 대표 시인으로 구성된 약 이백오십명의 실행위원들은(이들은 서로의 존재를 모른다) 참고할 시들에서 뽑은 모든 논점의 목록과 동기와 비유와 상징을 천천히 음미하며 먹어치웠다. 그리고 부여받은 시적 주체를 대신해 제 살을 찢는 고통 속에서 언어의 실을 뽑아올렸다. 이렇게 해서 만들어진 한행 한행의 시구들은 가급적 반복을 피하고 어조를 통일하기 위해 지역별 윤색 작업을 거쳤다. 이 과정에서 몇가지 수사학적인 도식들, 예를 들면 인종 혹은 국가 간에 상반된 영웅 이야기, 몇몇 특정 직업군의 가난, 우스꽝스럽고 난처한 역사에 대한 질문들, 모국으로의 귀환, 무한한 사랑을 전제로 한 배신, 버스 안에서의 사소한 대화 등은 삭제되었으며, 다만 경험적으로 확인된 사실은 반복을 피할 수 없다는 이유에서 "밤은 육체에게 휴식을 주고 영혼에게는 자유를 제공한다" 같은 표현은 논의 끝에 양해하도록 했다. 시구들은 서로 대구가 되거나 교묘하게 병치되었다. 이렇게 해서 395개의 단어 57행으로 된 한편의 시가 만들어졌다.

그러나 이 시는 처음 의도와 달리 높은 기둥과 거대한 문으로 장식된 콘서트홀에서 세계인의 우정과 사랑을 외치는 청중들의 환호를 받으며 전세계에 생중계되지 않았다. 이 시들이 한때는 인간의 머릿속에 있었으며, 살아 있는 사람이 한번도 읽은 적이 없는 시구들이 너무 많다는 누군가의 충고 때문이었다. 이 시는 각 언어의 유일본만을 남기고는 비밀리에 해체되어 그저 이웃들 간에 나누는 평범한 낱말이 되거나 대중가요에나 등장하는 구슬픈 이미지로 되돌아갔다. 이 프로젝트를 위해 고용된 한 가난한 민족시인은 아쉬움과 울분에 못 이겨 스스로 목숨을 끊었다. 그가 죽은 뒤 그의 딸은 아버지를 대신해 제125회 아웃랜드문학상을 받았다.

이 프로젝트가 처음의 취지대로 다시 부활하기를 바라는 이들은 '우리가 하겠다고 마음먹으면 못할 것이 없다'는 자세로 비밀리에 다양한 커뮤니티를 구성해 그날에 대비했다. 그 해커들은 손가락 하나만 까닥하면 과거와 미래의 지혜와 정신, 감각을 총망라한 오늘의 시를 불러낼 수 있는 날이 오리라 믿었다.

회사를 사랑했던 남자들

주님께서 사람들이 짓고 있는 도시와 탑을 보려고 내려오셨다. 주님께서 말씀하셨다. "보아라, 사람들이 같은 말을 쓰는한 백성으로서 이렇게 이런 일을 하기 시작하였으니, 이제 그들은 하고자 하는 것은 무엇이든지 하지 못할 일이 없을 것이다. 자, 우리가 내려가서, 그들이 거기에서 하는 말을 뒤섞어 그들이 서로 알아듣지 못하게 하자."

— 창세기 11장 5~7절

그는 인간 이전의 삶 대부분을 무엇에도 구애받지 않고자유롭게 살았다. 그러므로 이번 생에서만큼은 짜임새 있는 회사의 일원이 되어 가족과 오순도순 살기를 꿈꿨다. 그는 자신의 바람대로 한 회사에 취직했다. 직업으로서의 삶이 그다지 공정하진 않았다. 그가 십여년 동안 주로 한 일은 갓 나온 링 주조물을 세밀하게 연마하는 것이었다. 지치고 힘들 때도 있었지만 그는 최선을 다해 일했고, '가족 같은 회사'의 동료들과 한식구가 되어 회식을 하고 노래방에 가는 것이 자랑스러웠다.

모든 것이 순조로웠다. 다만 한가지 불만은 밤에도 일을 해야 하는 것이었다. 그는 민들레꽃처럼 낮에 일하고 밤에는 잠잘 수 있기를 바랐다. 그러나 회사는 이 요구를 받아들이지 않았다. 2011년 봄, 노조와 회사 간의 대립은 결국 파업으로 이어졌다. 그 역시 파업에 찬성하긴 했지만 서로 조금씩 양보해 타협하면 다시 일을 할 수 있을 것이라고 믿었다. 그러나 파업은 직장폐쇄, 공권력 투입, 회사 밖 비닐하우스 농성으로 이어졌다. 육개월 동안의 우여곡절 끝에 노조원 전원이 회사에 복귀하는 것으로 일단락되는 듯했지만 복귀한 지 얼마 지나지 않아 대량 징계와 해고, 복수노조의 설립으로 혼란은 계속됐다.

"배신해서 미안하다."

"우린 동료였는데 왜 한순간에 적이 됐나."

2011년 12월 13일 회사 탈의실에서 목을 매다 발견된 양지꽃 씨의 일기장에는 이같은 말이 담겨 있었다. 다섯번째 자살 시도라고 했다. 양지꽃 씨는 공권력 투입 이후 가장 먼저 복귀한 노조원 중 한명이었다. 그러던 어느날 정문 앞에서 노조원들과 용역경비들이 맞붙었다. 양지꽃 씨는 '구사대'라는 이름으로 쇠파이프와 소화기 등을 든 용역들 뒤에 서 있었다.

"형이 나를 부르더니, 곧 구조조정이 되면 앞으로 회사가 어떻게 될지 모른다며 사측과 가까운 새 노조로 넘어오라고 했어요."

노조원 왕벚꽃 씨는 친형과 함께 회사에 다녔다. 십여년 이상 같은 회사에 다니면서 서로의 사정을 속속들이 알았던 왕벚꽃 씨와 형은 좋은 친구이자 동료였다. 왕벚꽃 씨는 그런 형의 모습이 낯설었다. 형제 사이는 그후로 눈에 띄게 서먹서먹해졌다.

"일에 대한 얘기는 나누지만 개인적인 얘기는 서로 피해요. 겉으로는 잘 지내고 있지만 뭔가 어색한 기분은 어쩔 수 없죠. 근데 저와 형만의 얘긴 아니에요. 언제 복귀했느냐, 어느 노조에 가입했느냐에 따라 선후배 관계 다 깨지고 모임, 친구 다 깨졌어요. 서로 못 믿고……"

엉겅퀴, 질경이, 애기똥풀 씨는 '창고지기 삼총사'로 통한다. 하루 종일 하는 일 없이 창고 주변에서 자리를 지키는 것이 이들의 일이다.

"복귀했지만 자리가 없다는 이유로 청소하고 정리정돈하는 일을 했어요. 그러다 이곳 창고로 온 거예요. 할 일은 없고 가끔 불려가 후배들 앞에서 허드렛일을 하는데 솔직히 자존심도 상하고 굴욕감을 느껴요. 정작 제 일은 따로 있는데……"

이들은 주야간 교대근무제를 주간 연속 2교대제로 바꿔달라는 자신들의 요구가 온당하고 소박하다고 생각했고, 자신들에게 주어진 일과 회사에 대한 사랑과 헌신이 영원하길 바랐다. 뒷날 직업과 사회적 지위에 따라 각양각색의 인물이 망라된 21세기통일백과사전에는 이들의 이야기를 '남편을 잃고도 다시 결혼하지 않은 여인' 다음에 '회사를 사랑했던 남자들'이라는 항목으로 기록했다.

오래전 충남 아산의 성벽 밖에서 나지막한 돌무더기를 보았고, 그곳이 옛날에 바빌론기업이라는 회사가 있던 곳이란 이야기를 들었다. 이 근동 사람들은 지금도 그 돌무더기 옆을 지나가면 옛날에 그랬듯이 자신이 다니던 회사의 모든 것을 사랑하게 된다고 믿고 있었다.

* 노컷뉴스, 「○○기업 그후 1~2」(2012. 2. 15.~16.) 참고.

낙담한 스핑크스를 위한 타이틀 곡

죽음으로 가는 길은 갈수록 간소해졌다. 에키드나와 오로토로스의 아들, 또는 라이오스의 딸 스핑크스가 오이디푸스에게 죽임을 당해 나귀에 실려간 뒤 그를 두려워하거나 숭배하는 통행인은 더이상 없다. 무덤 근처의 길들은 밤낮없이 네 다리와 두 다리와 세 다리로 걷는 관광객들로 북적였고, 그 길 양쪽에서 서로 마주 보며 나란히 앉아 있는 수십개의 스핑크스 형상은 이제 그들의 충실한 파수꾼에 불과했다.

3인조 록 밴드 패스트볼의 베이시스트 토니 스캘조 역시 그런 관광객 중의 한명이었다. 미 해병대원이었던 아버지의 근무지를 따라 일찍이 이곳저곳으로 이사를 다니며 음악에 대한 꿈을 키우던 그는 '미국 루츠 음악의 밸리' 텍사스에서 자신의 꿈을 본격적으로 실현했다. 1996년에 첫 발매한 음반 「Make your mama proud」가 지역 대중들의 관심을 끌다 서서히 잊혀갈 즈음인 서른세살의 여름, 그는 신문에 난 한 노부부의 실종 기사를 읽었다.

텍사스에 사는 릴라와 레이먼드 하워드 부부는 1997년 6월, 가까운 템플 시에서 열리는 개척자의 날 축제에 가려고 차를 몰았다. 그러나 이 노부부는 2주일이 지나 목적지로부터 북동쪽으로 수백 마일 떨어진 아칸소 주의 핫스프링스 국립공원 산기슭 아래서 숨진 채 발견되었다. 경찰은 남편 레이먼드가 뇌졸중으로 쓰러진 병력이 있고 아내 릴라는 알츠하이머 증세를 보였다는 점으로 미루어 두사람이 방향감각을 잃고 길을 헤매다 숨졌다는 결론을 내렸다. 길을 잘못 든데다 자동차까지 고장이 나자 차를 버리고 걷다가 쓰러져 숨졌다는 것이었다. 이 노부부의 아들은 자신이 축제장까지 모셔다드리겠다고 제안했지만 자신의 부모는 아직 건강하고 충분히 우리끼리 갈 수 있으니 걱정하지 말라고 말했다고 진술했다.

도시를 순회하며 공연 여행을 하던 토니 스캘조는 스핑크스로부터 '이 노부부는 왜 실종되었을까'라는 질문을 받았다. 토니 스캘조는 하워드 부부가 길을 헤매다 숨진 것이 아니라 두사람이 처음 만났던 행복하고 아름다운 시절로 돌아가려 했다고 대답했다. 그들은 황금빛 고속도로를 출구로 택했으며, 모든 것을 그대로 남겨둔 채 춥거나 배고프지 않고 병들지도 늙지도 않는 그곳으로 떠난 것이라고. 그는 이런 자신의 생각을 「The way」라는 노래로 만들어 1998년 패스트볼의 두번째 앨범 「All the pain money can buy」에 수록해 발표했다. 「The way」는 그해 4월부터 7주간 빌보드 모던 록 차트 1위, 캐나다 씽글 차트 1위에 오르면서 백만장 이상이 팔렸다.

* Fastball(band), Tony Scalzo, 「The way」 from Wikipedia, the free encyclopedia 참고.

소유와 다국적기업의 기원

1948년은 토머스 스턴스 엘리엇이 노벨문학상을 받은 해(평화상은 수상자가 없었다)이자 제2차 세계대전 당시 조달 계획을 지휘했던 미국의 초대 국방장관 포레스털이 지구 상공에 우주정거장을 설치한다는 프로젝트를 발표한 해이다. 그해가 저물 무렵, 시카고에 살던 광고인 제임스 맨건은 동료 에클랜드와 한가하게 이야기를 나누던 중 하늘의 무한공간으로 이루어진 국가라는 개념을 떠올렸다. 에클랜드가 창밖을 가리키면서 저 바깥에 '수많은 물질'이 있다고 말한 참이었다.

1948년 12월 동짓날 자정을 기해 맨건은 우주공간을 영토로 한 '셀레스티아'라는 국가의 수립을 선포했다. 국가선언문에 싸인을 한 맨건은 일리노이 주 쿡 카운티 등기소에 부동산 소유권 등기를 요청했고, 어찌할 바를 모르던 담당 직원은 주 법무관의 유권해석을 들은 뒤에야 등기를 내주었다. 맨건은 74개 국가의 외무장관 앞으로 서신을 보냈다. 서신의 내용은 새로운 국가가 수립됐으니 이를 인정해달라는 것이었다. 유엔에는 회원국이 되겠다는 청원서를 제출

했다.

맨건은 미국의 국방 관계자들이 우주정거장 설치 프로젝트가 셀레스티아의 배타적 영토권에 직접적인 침해가 될 수 있다는 사실을 알게 되면 심한 충격을 받을 것이라고 말했다. 이듬해 3월, 전후 우울증에 시달리던 국방장관 포레스틸은 사임 후 메릴랜드에 있는 한 해군병원에 입원 중 창문으로 뛰어내려 자살했다. 맨건은 어떤 종류든 전쟁을 위한 비행체는 국경을 침범한 불법 침입자로 간주하겠다고 경고했지만 그것들에 대해 어떤 조치를 취할 것인지는 그 자신도 몰랐다.

그는 셀레스티아의 영토를 지구만 한 공간으로 나누어 일 달러씩에 분양하겠다는 계획을 세웠다. 공간 영토들을 분양하기 전에 먼저 헌법을 제정해야 했는데 그러려면 공간에 대한 명확한 정의를 내려야 했다. "파동이 존재하는 곳"이라는 일반적인 정의는 미흡하다고 판단한 그는 "공간은 우주의 위대한 종사자이며, 자기력으로 충만한 거대한 근육"으로 정의했다.

셀레스티아가 어떤 나라인지도 명확히 했다. 그 나라에는 국민도 없고 세금도 없으며, 단지 일 달러를 지불하고 공간을 구입한 참여자들만이 있을 뿐이었다. 맨건은 참여자들의 권리를 "제안권과 사색권"으로 제한한 일종의 지적 전제국가로 운영하려 했다. 땅을 소유하면 땅 위의 공간도 소유하는 것이라고 생각하는 보통사람들과 다툼이 생길 수도 있지만 공간은 굽어 있기 때문에 대기권을 벗어나면 경계선들 사이의 거리는 무한히 확장된다는 점을 그는 강조했다. 나아가 아래와 위로 향한 소유권 개념이야말로 "인간 역사에서 가장 간과한 점"이라고 말했다.

그는 누군가 지구만 한 무언가를 소유한다면, 코딱지만 한 땅덩어리를 놓고 아옹다옹하는 국제분쟁 따위는 우습게 여기는 사유의 광대함을 누릴 수 있다고 믿었다. 그러나 맨건의 야심찬 계획에 감명을 받은 사람들은 우주공간 대신 세계시장으로, 전쟁보다는 생활양식에 눈을 돌려 소유의 아이디어를 발전시켜나갔다. 제2차 세계대전을 끝내는 데 가장 중요한 역할을 담당했던 레이더 기술은 종전 후 가정용 전자레인지로 전용되었으며, 원자폭탄을 만들었던 맨해튼 프로젝트의 부산물 테프론은 알루미늄 프라이팬과 결합해 '테팔' 프라이팬이 되었다. 전투용 식량으로 개발된 통조림은 '스팸'으로 재탄생했으며, 네슬레의 초코우유 분말 '퀵', 제너럴푸즈의 '맥스웰하우스 인스턴트 커피'는 전쟁 중 군납용 분유를 만들었던 분무 건조 기술을 바탕으로 태어났다. 맥도널드 매장 주방을 표준화하는 데에는 잠수함 주방 설계 기술이 사용되었다.

그러나 1969년 7월 20일, 정작 미국의 아폴로 11호가 달 착륙에 성공했다는 뉴스를 들은 맨건은 달에 세울 교회의 자세한 설계 도면을 그려서 출판하는 데에 만족해야 했다. 힐튼호텔 그룹은 달의 표면에 휴양지를 세우는 방안을 검토했다. 한편 네팔 사람들은 죽은 이들의 영혼이 쉬는 장소가 침범당한 데 분노했으며, 페르시아설화이야기꾼연합은 설화가 다시는 예전과 같지 않으리라고 탄식했다. 맨건은 이듬해인 1970년에 죽었다. 그의 전재산이 그의 바람대로 자녀들에게 상속되어 그의 유지를 이어갔는지는 알 수 없다.

* 「Chicago Man Stakes Claim to Outer Space」, Science Illustrated, 1949년 5월; 알레르토 망구엘 『밤의 도서관』, 강주헌 옮김, 세종서적; James T. Mangan from Wikipedia, the free encyclopedia 참고.

이 우주의 댄스 배틀!

제2차 세계대전 막바지에 일본의 불교학자 스즈끼 다이세쯔는 천황에게 불교의 선을 강론했고, 독일의 물리학자 하이젠베르크는 불확정성원리에 대해 열강했다. 같은 방식으로, 나는 관광버스 안에서 부지런히 뛰고 있는 한 무리의 부녀자들에 대해 말한다.

버스에 오르기 전까지, 차창 밖으로 익숙한 풍경들이 완전히 사라지고 반가운 손님을 맞듯 하나둘 통로로 내려설 때까지, 그녀들은 바람이 뒤섞인 마음과 마른 장작으로 된 손과 성기, 무너진 흙더미로 만든 펑퍼짐한 뒷모습을 가진 그저 애틋한 하나의 입자에 불과했다. 버스가 일정한 속도와 흔들림을 유지하고, 어떤 형식적인 동작들이 리듬에 얹히자 이들은 급격한 하나의 파동으로 돌변했다.

허공에서 무엇이 이들에게 바람을 일으키고 흙더미를 일으켜 마침내 파동이 되게 만들었는지는 모를 일이지만, 서로의 파고가 정점에서 만나 흐드러지면서 그 입자들의 얼굴은 간단하게 폭발했다. 새로 탄생한 입자들은 무질서한 듯했지만, 서로 간섭하거나 충돌하지 않았다. 오후 두세시 경 자주색 용담꽃이 슬며시 오므라드는 것처럼 그 입자들은 서로 다른 높낮이로 저마다의 운명을 관장하며 퍼져나갔다.

그때까지만 해도 나는 강권한 소주 몇모금에 조금 취했고, 이들은 대부분 취하지 않았다. 입술을 빨갛게 칠한 한 젊은 입자가 창밖으로 고개를 돌린 채 움츠리고 있는 나의 팔을 강력한 장력으로 잡아끌었다. "이 좁은 통로에서 어떻게 춤을 출 수 있단 말입니까?" 그러나 이 돼먹지 않은 입자는 들은 체도 하지 않고 다시 한번 나의 옆구리를 꼬집었다. 당황한 나는 소리쳤다. "그러면 내가 춤출 수 있도록 사랑하는 사람과 멋진 음악을 주세요." 그때 좁은 통로를 비집으며 부지런히 떡과 고기를 돌리던 부녀회장이 마른 장작으로 된 손으로 나의 뺨을 사정없이 후려쳤다. "장님도 춤추고, 귀머거리도 춤춘다." 내가 서럽게 그만 나를 내려달라고 외치는 사이에 버스는 붉은 구름 속에 완전히 파묻혀버렸다.

한 노쇠한 입자가 다가와 이번 여행이 처음이냐고 물었다. 나는 울면서 기억이 나지 않는다고 말했다. 그녀는 네번째 오는 길이라고 말했다. 늘 휴게소 화장실에서 소변을 보곤 했지만, 올 때마다 모든 것이 처음인 듯 낯설고 어색하다고.

호모에렉투스는 이렇게 말했다

내가 말하고 싶은 시대는 아득한 옛날이다. 당신은 그때 그 모습에서 얼마나 달라져 있는가! 나는 이를테면, 당신의 종(種)으로서의 생활을, 당신이 자연으로부터 부여받은 본성에 따라 표현해보려고 한다. 그 본성은 당신이 받은 교육과 주어진 습관에 의해 변질될 수는 있었으나 완전히 버릴 수는 없는 것이었다.

—장 자끄 루쏘 『인간 불평등 기원』

오백만년 전이라지. 나무 위에 매달려 살던 누군가 조심스럽게 나무에서 내려와 보았다지. 뒷발로 땅을 딛고 서서 호기심 가득한 눈으로 아프리카의 풍경을 코를 쿵쿵거리며 바라보았다지. 그러다 아와시 강 유역의 중간 계곡에 죽은 말과 함께 뼈를 묻었다지. 그리고 삼백만년이 더 지나 아프리카의 땅을 두 발로 걸어다녔다지. 앞발을 흔들며, 머리를 꼿꼿이 세우고, 먼 데를 보면서. 그리고 백만년이 더 지나 그들은 제 흥에 겨워 짝을 이루어 아프리카의 여기저기를 마구 쏘다니며 땀 흘리며 살았다지. 그러던 어느날,

일어섯! 똑바로 섯! 앞으로 갓!

그게 말이었는지 고함소리였는지 무슨 섬광 같은 것이었
는지 알 수는 없지만 그들은 이 강렬한 충고를 순순히 받아
들여 먼동이 트자마자 서둘러 동아프리카를 떠났다지(역
시 남을 분은 남으시고). 무리를 지어 지중해 연안에서 해
뜨는 중앙아시아를 지나 무작정 걸었다지. 운 좋게 죽은 물
소 고기를 뜯어 먹던 어떤 무리의 후손들은 약속의 땅을 찾
아간다고 철석같이 믿고 있었다지. 자바에서 낯선 무리를
만나 몇마디 안되는 언어로 한바탕 말다툼을 벌였다지. 베
이징 교외의 차갑고 딱딱한 동굴 바닥에서 불을 피우며 자
신이 한 말과 행동에 대해 후회했다지. 뒤늦게 대서양을 건
너(베링 해가 아니다) 아메리카로 들어간 새로운 정착민
의 후손은 눈 내리는 밤 숲가에 멈춰 서서 지켜야 할 약속
이 있다며 잠들기 전에 몇십리를 더 걸었다지. 그리하여 그
들이 평생 걸은 거리는 줄잡아 지구의 네바퀴 반. 한사람이
모름지기 일억개의 발자국을 지구에 남겼다지. 한순간도
그 충고를 잊지 않고.

일어섯! 똑바로 섯! 앞으로 갓!

키가 큰 한 여인의 미라가 한반도 남쪽 바닷가 자신의 마지막 발자국 앞에서 발굴됐다지. 무릎관절이 다 닳아 더 걸을 수가 없는 지경으로. 왼 손목과 검지로 이어진 손가락 인대가 날카로운 금속에 끊어져 있었다지. 신중한 검시관들은 전투에 참가했거나 아니면 심한 노동의 결과로 판단했다지. 어떤 선지자를 추종했는지는 알 수 없지만 그녀의 위장에서는 미국 애리조나 주에 본사를 둔 다국적기업에서 생산한 피린계의 소염진통제 성분이 검출됐다지. 스무살 이후부터는 늘 악몽에 쫓겨다녔고 꿈속에는 보살펴야 할 아이가 딸려 있었다지. 그러다 그녀의 머리맡만 지키고 서서 국민주택 입주권을 기다리던 소심한 아들이 국제자연보호연맹(IUCN)으로부터 '멸종위기등급: 안전(SE; secure)'을 받던 날, 그녀는 벌떡 일어나 이렇게 소리쳤다지.

일어섯! 똑바로 섯! 앞으로 갓!

GDP가 달과 인간의 진화에 미친 영향

　절실하되 낯설고, 낯설되 뜨거우며, 뜨겁되 신선한* 언어
를 찾아다녔느냐. 그는 무엇이든 제멋대로 자신의 입속에
처넣고 우물거리고 쩝쩝거린다. 그러다 점점 부풀어오르거
나 반쪽이 되어 구름 밖으로 튕겨져나온다. 이 허접한 달의
행로를 따르던 실업의 청년들은 주말이면 약속이나 한 듯
원형경기장의 지하 통로에 모여 개그콘서트에 열광한다.

　동물행동학자들은, 한번 굶으면 십년은 너끈히 견디던
젊음과, 불의 앞에 시퍼렇게 변하던 머리카락, 거친 운명에
빵 조각을 떨어뜨리며 저항하던 지혜는 오래전에 퇴화되었
음을 공표했다. 비공식적으로 말하자면, 종의 변화는 누적
된 '경제적'인 슬픔의 결과였다. 하루하루 반복되는 슬픔은
달처럼 자신만의 느슨한 동선을 만들고, 어떤 일들을 단계
적으로 받아들이게 되는 것이다. 이처럼 불평등한 자본과
제국의 원리에 따르면 미래란 언제나 익숙하고, 미지근하
며, 어디서 본 듯하다.

　신기한 것은, 오래된 구호와 묵직한 칼로 혁신을 재촉하
는 광고를 떠올리며 다시 재무장을 할까 하고 생각하는 이

멀쩡한 도시의 오후에 종종 그와 맞닥뜨린다는 것이다. 어쩌다 그가 이 지하 도시의 입구에서 동전 몇닢을 앞에 놓고 네다리로 엎드려 중얼거리는 것을 보았다면 드디어 그가 천명을 깨닫고 초연하게 모든 출정 준비를 마쳤다고 보면 된다. 그러니까 마지막으로, 빈 소주병을 들었다 놓으며, 정년과 무관하게 패배를 받아들여 일찌감치 귀의한 낯익은 그림자들을 둘러앉혀놓고, 모든 것의 원인이 된 지난 일들과 그때 그 절망이 가져온 손실을 소박한 예언으로 마무리하고 있는 것이다.

곧추선 머리에, 두근거리는 가슴의 크기가 겨우 2홉에 불과한 호모에렉투스가 한탄강 유역에 쪼그려앉아 주먹도끼로 손질한 짐승의 가죽 수를 손꼽아 거북 등딱지에 새기기 시작한 이후의 일이다. 그는 보름달이 뜰 때까지 일정한 작업량을 채우면 아련히 떠오르는 과거로 돌아갈 수 있다고 믿은 최초의 인간이었다.

* 한 문학 잡지의 원고 모집 공고문 중 한 구절.

뾰족구두를 신고 밭일을 가던 그녀는 누구였을까?

그녀는 한번도 물 위를 걸어다니지 않았다. 허공을 날아다닌 적도 없다. 아무리 아득하거나, 너절하거나, 따분해도 남자의 도움 없이 아이를 배는 일 따위는 하지 않았다. 밋밋한 알을 낳은 적은 더더욱 없다. 그녀는 아침나절 눅눅한 부뚜막에 걸터앉아 서너해째 비어 있는 제비집을 우두커니 올려다보았다. 그러다 불현듯 장롱 위에 올려놓은 새로 산 뾰족구두를 꺼내 신고 봄볕에 늘어진 마을길을 지나 복사꽃이 흐드러지게 핀 진골 산비탈 과수원으로 또박또박 올라갔을 뿐이다. 신문지로 둘둘 만 호미 한자루와 흰콩 한주먹 그리고 찐 감자를 손에 들고.

그녀에게 스물하루 동안 유료 낚시터에 앉아 있다 갑자기 신선이 되어 미래의 일을 내다보며 신령스러운 무리들을 이끌고 다니는 남편이 있었는지, 아니면 음주운전 단속에 걸려 곤욕을 치른 스무살이 넘은 아들이 있었는지는 알 수 없다. 분명한 것은 거칠고 타락한 길들이 그녀의 반듯한 걸음걸이를 위해 실룩거리며 종아리에 낯선 근육을 차곡차곡 늘려갔다는 점이다. 오늘만큼은 자신의 맨발이 낡은 슬

36

리퍼짝에 엮여 세상모르고 끌려다니거나, 어두운 장화 속에서 잔돌이나 지푸라기, 죽은 곤충의 일부와 함께 뒤엉켜 지낸다는 것이 그녀는 무엇보다 싫었다.

그렇다고 그녀가 누군가를 매혹시킬 만큼 그럴듯한 태를 지녔다는 뜻은 아니다. 저녁골 애기 뙤똥 옆 돌밭에 눌러앉아 주눅 든 듯이 자라는 소나무만 한 키에 한해 두해 콩 까불다 벌어진 어깨하며 고사리나물 뜯다 그늘 든 피부는 이제 온종일 학처럼 논 가운데서 골똘히 무언가를 응시하며 서 있는 머리 센 늙은 농부의 시선조차 제대로 속이지 못했다. 그렇게 마을 전체가 방심한 사이에 알 듯 모를 듯 한 그녀의 슬픔과 기쁨도 마을 기도원 모퉁이에서 허겁지겁 쏟아낸 뜨끈한 오줌발과 함께 골짜기 어디로 스며들고 말았다.

그녀는 시집오던 해에 심은 늙은 복숭아나무 밑에 얌전하게 뾰족구두를 벗어놓았다. 그러고는 습관적으로 라디오를 틀고 복사꽃을 따거나 산 아래 논두렁에 두뼘 간격으로 흰콩을 심으며 온종일 놀았다. 나무들은 '여성시대'의

씨그널 음악에 맞춰 춤을 추었고, 풀들은 그녀의 손길에 복종했다. 그녀는 가끔 먼 산을 보면서 자신의 영혼의 들판에 끊임없이 돋아나는 잡초들을 한움큼 집어들고 근심 걱정인 양 차분하게 뜯어 먹었다. 그렇게 그녀는 이곳에서 지루했던 십대와 이십대, 그리고 그 안에 숨죽여 있던 노년까지 다시 살았다. 그러나 그녀의 이 나들이 행사는 그리 오래가지 않았다.

조서에 따르면, 그녀는 인근의 무덤들과 한마디 상의도 없이 어느 삭망에 유일하게 남은 트럭 모양의 낡은 쪽배를 타고 마을을 떠났다고 했다. 내가 무기도 없이 짐승의 털과 가죽으로 만든 옷을 걸치고 식구들과 이 마을에 찾아들었을 때처럼 말이다. 이로써 뾰족구두를 신고 밭일을 가던 그녀는 역사가들의 관심권에서 완전히 사라졌다. 몇몇 부녀 회원들은 그녀의 뾰족구두가 지난겨울 부부 동반으로 섬나라에 농촌 시찰을 갔을 때 머리에 붉은 띠를 두른 노인이 운영하는 한 상점에서 카드로 구입한 것임을 증언했다. 누군가는 분노에 차서 이것이 그년이 처음 한 외도가 아니라고 외치다 끝내 까무러쳤다.

　그러나 그녀가 조합원으로서 산비탈 과수원에 꿈을 묻고
살다 끝내 파산한 한 많은 농부의 여린 아내였는지, 아니면
지역 방송국에서 농촌 생활을 취재하러 나온, 술과 떡을 밝
히던 과장된 몸짓의 리포터였는지, 그것도 아니면 서왕모
에 속한 도원의 사납고 눈썹 긴 관리인의 착하고 효성스러
운 막내딸이었는지는 아무도 알지 못했다.

세상에서 가장 부지런했던

그는 우리 동네에서 가장 부지런한 동물입니다. 동네 사람들은 다 그렇게 알고 있습니다. 결코 착하다거나, 겸손하다거나, 점잖다고 할 수는 없지만, 동네에서 가장 먼저 일어나 경운기에 시동 걸고, 봄바람 분다는 소문에 언 땅 갈아 엎고 씨 뿌리는 그런 사람입니다. 캄캄한 새벽에 트랙터 전조등을 켜놓고 모종을 옮겨 심는 사람은 아마 그밖에 없을 겁니다. 그의 못 말리는 부지런함 때문에 동해(凍害)를 입은 적도 한두번이 아닙니다. 새마을운동으로 어지간히 먹고살 만해진 뒤에는 아이들 대학 공부 시켜야 한다는 핑계로, 또 전두환 노태우 물러간 뒤에는 취직한 아들 서울에 세간 내주어야 한다는 핑계로, 평생을 술기운 달고 저녁 솔바람 부는 마을 고갯길 한번 변변히 어슬렁거려보지 못하고 일만 하고 살던 그였습니다.

그가 지금 21세기 변두리 병원 301호실 창가 쪽 침대에 누워 멍하니 텔레비전을 보고 있습니다. 그는 나를 보자마자 절단된 손목 인대를 잇는 수술이 무사히 끝나게 된 자초지종을 무슨 민주화 투쟁 비화라도 되는 양 쉴 새 없이 떠벌립니다. 다행히 입을 다친 것은 아닌 모양입니다. 지난봄 눈이 녹기도 전에 논두렁을 건너뛰다 발목이 부러져 목발 짚고 통원 치료를 받으러 다닌 것까지 치면 그의 입원 행각은 올 들어 벌써 세번째입니다. 갑자기 나는 며칠 전 뒷골 논배미에서 마주친 그가 느닷없이 내뱉던 말이 떠올랐습니다. "내가 세상에서 제일 부러워하는 사람이 누군지 알아요? 건달. 내가 왜 건달이 못됐는지 몰라!"

그때 그 동물은 "제발 날 좀 어떻게 해줘!" 하고 절규하듯 외쳤던 것입니다. 적어도 그의 예전 같지 않은 쇠진한 기력을 아는 사람이라면 그렇게 알아들었어야 했습니다. 그가 꿈꾸는 건달이 수미산 남쪽 금강굴에서 향기를 머금고 음악이나 관장하며 사는 건달이었는지, 아니면 어지간히 술깬 얼굴로 바람 빠진 자전거를 끌고 새벽길을 느릿느릿 걸어들어오는, 그러다 어젯밤 새로 생긴 상처나 쓰윽 핥아대는 그런 풋내기 건달이었는지는 모르지만 말입니다. 하지만 닷새고 보름이고 맞벌이에 지친 며느리가 침대 옆에 붙어 용맹정진한들, 평생을 바쳐 이룩한 그의 굳은살들이 한꺼번에 다 녹아내릴 수는 없는 노릇 아니겠습니까.

누가 우리를 집으로 데려다줄 것인가

그분이 오셨습니다. 자정이 넘어 지구대 순찰차에 실려, 온몸에 성수를 뒤집어썼지만 흙칠로 신분을 감추고, 그러다 문득 생각났다는 듯 고래고래 소리를 질러 박해자들의 의심을 잠재우며, 마을회관 앞에 당도하셨습니다. 마중 나온 사람들 중에는 저녁밥 대신 식은 감자 먹으며 연속극 보다 나중에야 아들딸들에게 전화를 걸며 울먹이던 부인도 있었지만, 그분의 맑은 이기심을 경박함으로 오해하여 비난하던 오랜 친구도 있었고, 물꼬에 관한 독특한 해석을 받아들이지 못해 멱살까지 잡혔던 이웃 청년도 있었습니다.

아마 대여섯시간은 족히 논바닥에 누워 뒤집힌 오토바이와 나란히 침례를 하셨던 모양입니다. 함께 장을 보고, 함께 국밥을 먹고, 함께 술잔을 주거니 받거니 하다 슬며시 환속한 몇몇 마을 사람들은 알 수 없는 죄의식에 긴 하품을 하며 이 현란한 회관 앞 행사가 벌어질 때까지 손전등으로 발끝이나 비추며 평소 그분이 자주 다니던 성지를 헤집고 다녀야 했습니다.

기민한 순찰대원들도 누가, 왜, 그분을 며칠 전 나이 든 총각 몇이 황소개구리를 짚불에 구워 먹고는 뒤숭숭한 표정으로 쪼그려앉아 있던 최씨네 논두렁 아래로 사뿐히 내려놓았는지 알지 못한다고 했습니다. 낮에 신협 앞에서 그분을 보았다는 어떤 분은, 입에 달고 다니던 소학이며 명심보감은 일찌감치 장터 구석에 게워놓았고, 오랫동안 순종했던 막달라 다방의 커피 한잔도 그리 오래 붙잡진 못했다고 털어놓았습니다. 최초의 목격자는 그가 수많은 별들이 촘촘히 박힌 고요와 침묵의 무논에 반쯤 잠겨 별빛을 향해 가끔씩 알 수 없는 방언을 중얼거리고 있었다고 전했습니다.

그분이 신도들에 에워싸여 먹기와집 대문 안으로 모습을 감추자 모였던 사람들이 들꽃처럼 한무더기씩 흩어집니다. 한 아낙이 그 고행의 시간을 떠올리며 혀를 끌끌 찰 때, 한 선지자는 "뭘, 시원하지"라는 말을 던지고는 어둠속으로 총총히 사라집니다. 누군가 아직 들에는 할 일이 많이 남아 있다고 합니다. 그분은 취했고, 집들은 아직 어둠속에 있습니다.

눈으로 고립된 마을이란 잘 정돈된 상태인가, 무질서인가?

며칠째 이어진 폭설로 지상의 모든 경계가 사라졌다. 동이 트면 나는 중무장을 하고 집 밖에 쌓인 잣눈을 치우러 나설 것이다. 문간에서 허술한 울까지 순식간에 작은 오솔길을 만들고 눈에 갇힌 순한 개를 구출하고는 지체 없이 이웃과 마을로 이어지는 길들을 수복하러 진군할 것이다. 그러다 눈길에 미끄러져 허리를 삐끗할 것이고 새로 산 넉가래는 맥없이 부러질 것이다. 솔가지에서 무너져내리는 눈을 보며 층층대에 얼어붙은 눈덩어리를 깨다 망치에 왼손 엄지를 찧고 한바탕 욕설을 뱉을 것이다. 한낮의 햇볕이 눈과 얼음을 녹여 얼마간 수고를 덜어줄 땐 하늘은 스스로 돕는 자를 돕는다는 격언을 점잖게 되뇔 것이다.

우리의 경험은 눈이란 시간이 지나면 흔적도 없이 사라진다고 말한다. 그렇다면 이 고립은 무엇인가? 나의 노동은 무엇에서 벗어나려고 땀 흘리는 것일까? 나는 왜 이 새로운 변화가 가져온 온전한 휴식을 버리고 고단했던 어제의 일상으로 서둘러 되돌아가려는 것일까? 누가 우리를 부추겨 눈에 파묻혀 얼어붙은 경험을 되찾으라고 명령하는가?

눈이 내린 지구란, 아니 눈이 내리기 이전의 상태란 도대체 질서인가, 무질서인가?

눈이란 무게를 감당하지 못해 무너져내린 뜬구름의 결정. 우리가 퍼 올린 눈은 어제 날려버린 욕망의 기억과 그때 떠올랐던 무의미한 환상들로 가득 차 있다. 어떤 지도자가 얼마나 많은 우공을 불러 모아 이 묵직한 잔해를 삶의 현장 밖으로 죄다 옮길 것인가? 그쳤던 눈이 다시 내리고 나는 땅 위에 쌓이는 허공의 일부를 딛고 서서 창밖을 내다보며 활짝 웃는 이웃들에게 온화한 눈인사를 건넨다.

지도를 펴면, 자, 여기 폭설에 갇힌 마을이 있다. 누가 이 장엄한 소멸의 풍경을 전망 좋은 사유지로 되돌리려 하는가? 어느 길 잃은 마라토너가 저녁연기와 어린 고라니의 미지근한 발자국을 따라 이 부재의 질서에 파묻힌 마을을 깨우러 올 것인가?

안욱에게 내려주는 교훈
다산 선생 풍으로

네가 도판에 그림을 그리다 안료가 묻은 채 그대로 둔 붓을 보고 철옹 선생이 던진 말을 잊을까 혹여 오해할까 염려하여 되새긴다. 무슨 글씨를 쓰건 어떤 그림을 그리건 붓을 쓰고 나면 반드시 잘 빨아두어라. 그렇지 않으면 털들이 가운데로 잘 모아지지 않는 낡은 붓이 된다는 말을 명심하여라.

다만 정갈한 새 붓이란 먹을 묻히든 청화안료를 묻히든 붓 가는 대로 다소곳이 너의 생각의 바퀴가 되고 날개가 되지만, 털들이 제각각 갈라지고 흩어진 헌 붓도 때로 너의 마음 밖의 풍경이 된다는 것도 잊지 마라. 할 말이 없거나 할 말이 너무 많을 때에는 헌 붓을 귀한 손님을 맞듯 사용해도 좋다.

그림을 그리다 친구가 부르거나 배가 아프거나 갑자기 목이 말라 샘을 찾아간다는 이유로 미처 다 그리지 못하고 붓을 놓게 되었을 때 어떻게 할 것인가를 말하겠다. 이 늙은 아비는 세상살이를 오래 경험하였고, 이런저런 일을 두루 겪어보아서 알게 되었는데, 중간에 붓을 놓아야 할 때도 붓을 잘 닦아놓아야 한다. 곧 다시 붓을 잡을지언정 그것이

귀찮다고 물감이 묻은 붓을 그대로 두지 마라.

본 적이 있는지 모르겠지만 내게는 물감이 가득 묻은 채 말라붙은 붓이 여러개 있다. 아비는 이 점을 반성하고 있다.

* 철웅 선생이 우리 집을 다녀간 지 얼마 되지 않아 불의의 사고로 식물인간 상태가 되었다는 비보를 전해 들었습니다. 그의 화실 서랍 속의 붓들은 어떤 모습으로 그의 귀환을 기다리고 있을지…… 빠른 회복을 빕니다.

오래된 가계부에 덧붙여

아버지가 물려주신 지방의 고택이 개발 부지로 편입돼 헐리게 되었다. 해묵은 짐을 정리하러 잠시 내려왔다 마룻바닥 밑에서 이 집을 처음 지었다는 이창기의 부인 길씨가 1998년에 쓴 '가계부(家計簿)'라는 오래된 장부를 발견해 가까이 두고 들춰보다 느낀 바가 있어 몇자 적는다.

21세기통일백과사전에 따르면, 가계부란 가정의 수입과 지출을 기록하는 장부로 20세기 후반에 여성잡지의 부록으로 만들어져 대량 보급되었다고 한다. 이 가계부로 많은 고지식한 가정주부들이 실수입과 지출을 구분해 꼼꼼하게 그 내역을 적고는 예산을 세우는 데 무리가 없는지, 지출에 과용이 없었는지를 따져 이듬해 생활 계획을 세울 때 한숨을 쉬며 반성할 자료로 삼았다.

『우먼센스』라는 잡지의 부록으로 발행한 길씨본 가계부 역시 이에 충실했다. 다만 주거비 난에 광열비를 넣었으며, 식료품비 난을 넓게 마련하여 파 한단, 계란 한판 따위를 상세하게 기입한 것이 조금 달랐다. 또 소고기를 구입하듯 간헐적으로 복권을 구입한 점, 경조사비의 출처를 앞장에 따로 정리한 점도 눈에 띄었다. 수입은 일정치 않았다. 월별 지출액을 당시 가치로 환산해보니 씀씀이는 평균 이하로 검약했거나 아니면 넉넉지 않았던 것으로 보인다. 이 가계부가 나의 호기심을 끈 것은 '그이 술값'이라는 내역에 종종 등장하는, 손톱괄호로 묶여 있는 '장석남'이라는 낯익은 이름이었다.

장석남은 1965년에 나서 20세기 말엽부터 21세기 중기까지 통일 이전 남한 문단에 서정시 물결을 주도하며 젊은 문학도들에게 떠받들어졌던 인물이다. 그와 같은 시기에 활동했던 시인으로 황인숙, 윤희상, 함민복, 박형준, 박상우, 이기인 등을 꼽을 수 있는데 이들은 모두 얼마 전 백주년 기념행사로 재조명된 서울예술대학 문예창작과 출신이다.

이창기는 이십대에 문단에 나와 이들과 대학 동문의 인연으로 교류했으나 "뜻이 세워져 있지 않고, 학문은 설익고, 공명심이 많아 문인으로 성공하지는 못했다"는 평을 듣고 있다. 종종 마음의 울혈을 다스리지 못해 과음이 잦았다. 다만 부부애만은 돈독해 이 집을 짓고 평화롭게 만년을 보냈다. 그의 부인 길씨는 남편 사후에 소박하고 간결한 문체의 에세이 「세월이 지나면」을 발표해 많은 독자들의 심금을 울렸다.

어쩌다 이 고택이 아버지의 소유가 되었는지는 알 수 없으나 이제 그 집이 헐리게 됨을 안타깝게 여겨 여러 인연을 헤아려 이 글을 남긴다.

제2부

겨울 아침의 역사

겨울이 오면 이 땅의 어머니들은 누구나 한두번쯤 아침 밥상을 차리다 말고 무슨 액땜이라도 하는 양, "야, 밤새 눈이 하얗게 쌓였네" 하고 들릴락 말락 하게 내뱉는다. 그릇 부딪는 소리, 얌전한 도마소리에 취해 두툼한 솜이불 한 귀퉁이씩 붙들고 늦잠을 즐기던 아이들은 무엇엔가 홀린 듯 단잠을 홀홀 벗어던지고 내복 바람으로 성에 낀 창가에 매달려 그 맑고 찬란한 겨울 아침을 맞곤 했다는데, 이런 거짓말의 풍습은 밤새 눈 내린 춥고 컴컴한 첫새벽에 삶은 눌은밥 한사발 들이켜고 홀로 먼 길 떠난 사람들의 안녕을 비는 이 눈물겨운 족속의 오랜 전통이라고.

민주주의

a) 누군가 제멋대로 사용한 흔적이 있다. b) 평소엔 친절하게 응대하다가도 큰일이 생기면 전화를 안 받는다. c) 상담원이 마음에 들지 않고 자주 바뀐다. d) 책상을 내려치면 눈을 마주치지 못하고 말을 더듬는다. e) 입소문과 달리 물건의 크기가 왜소하고 볼품이 없다. f) 광고지의 그림처럼 멋진 성충으로 자라 우화하지 않고 계속 애벌레로 지내며 아마존젤리만 축낸다. g) 약정기간 동안 반품을 금지한다는 규정을 고지받지 못한 경우(단 공동 구매자에 한함). h) 발육이 늦고 밤이 되면 불안해하며 문틈을 긁는다. i) 색깔이나 무늬가 마음에 안 든다: 반품설명서의 지시에 따라 라벨을 뜯지 말고 그대로 재포장해 문밖에 놓아두십시오. 택배기사 K

망자에 대한 예의

그는 죽은 사람
우리는 그를 망자라 부른다
망자란 망한 사람

한때는 살아서
기쁨과 치욕에 사무치고
뜨거운 맹세를 나누었건만

사랑도 명예도
그 어떤 깃발도
그를 다시 불러내지 못한다

그의 무덤에 침을 뱉고
똥을 뿌린다 해도
그는 다시 죽지 않는다

그의 무덤에 꽃을 바치고
아침이슬 같은 눈물을 흘린다 해도

그는 다시 살지 않는다

그는 죽은 사람
우리는 그를 망자라 부른다
망자란 망한 사람

앞서 나간 죽은 자여!
우리는 어떻게 망할 것인가
우리는 어떻게 망할 것인가

도토리에 관한 명상

가수 김진원에게

이 우주는 인간만을 위해 설계되었다
고 보기에는 너무
낭비적이라고 말한
어느 천문학자의 말은 수정되어야 한다

도토리를 위해서
비상해본 일이 있는
사람이라면 알지
가수가
무엇을 보고
노래하는가를
어째서 분배에는
피의 냄새가 섞여 있는가를
도토리는
왜 고독한 것인가를

도토리는
왜 고독해야 하는 것인가를

임시로 죽은 사람의 묘비명

그는 태어나면서 임시로 기저귀를 찼다. 그뒤 임시로 어딘가에 맡겨졌다가 임시 학교를 다녔다. 임시 공휴일에 임시 열차를 타고 임시 일자리를 구했다. 임시 숙소에서 임시 반장의 통제를 받으며 임시로 맡겨진 일을 했다. 옷장 하나 없이 물주전자와 물컵, 잘 마른 얇은 수건 한장이 전부인 구석진 여인숙 방을 좋아했던 그는 재건축 임대아파트 공사장에서 임시로 설치한 전선에 발이 걸려 떨어져 죽었다. 입버릇처럼 중얼거리던 사과의 인사를 건넬 시간도 없었다. 사는 동안 항상 외로웠지만, 그는 영원히 살 사람들을 위해 일했고, 영원히 살 사람들을 사랑했다.

뛰어내리다
어느 추억의 시사회에 가다

정신 나간 영화감독 구보씨. 이번 작업은 함께 하지 못했군. 어디선가 사랑에 관해 긴 얘기를 한 기사를 보았네. 알고 하는 소리일 거라고 믿네. 이번 작품의 헤드카피는 근사했다네. "정중하고 상냥하게. 그의 영혼은 여리다. 그를 다치게 하지 마라." 역시 알고 하는 소리일 거라고 믿네. 다만 편집된 주인공의 기억들은 대체로 과장되거나 오해일 가능성이 크네. 그가 무엇에 열광하고 무엇에 쫓겨다녔는지를 다시 살펴보기 바라네. 한가지 더 말하자면, 주인공은 구름 위를 걸으려고 한 게 아니라 누군가에게 다가가려 한 거라고 나는 생각하네. 여전히 외롭고, 어리석은 채로. 내가 떠올린 마지막 롱테이크 장면은 이런 걸세. 멀리서 펄펄 뛰는 어머니가 보인다. 국영아! 에미가 미안하다. 그래요. 어머니 저예요. 드디어 제가…… 발 디딜 곳 없는 곳에서…… 요란한 싸이렌 소리에 놀란 아파트 화단의 나무들이 일제히 추억의 팔을 뻗는다. 자막들 묵묵히 그 뒤를 따른다.

죽음이여, 나의 맨발에 수갑을 채워라

발은 뇌의 구조를 알지 못한다.
발은 사회의 모순을 바라보지 못한다.
발은 절망의 밥을 삼키지 못한다.

오직 땅을 딛고 선 발은
혼신의 힘을 다해
제 자신을 허공에 내맡긴다.

한치 앞도 모르는
발밑의 삶이
허공을 지나
땅 위에 발자국을 만들면
발바닥은 잠시 따듯해진다.

고개를 숙이든
어깨가 굽든
무릎이 꺾이든
가슴이 총칼에 떨든 말든

발은
디딜 곳을 찾아
앞으로 나간다.

고개 숙여라
다가올 청춘이여,

잊지 마라
눈앞에 어떤 깃발을 바라보건
발아래는 낭떠러지
바닥에 곤두박질쳐 떨어질 때
눈동자는 허공에 둔 채
반드시 맨발에
허술한 속옷 차림일 것!

마법에 걸린 명퇴자 구보씨

깨어 있으려면 눈이 벌겋게 충혈되도록 비벼야 하고 줄줄 흐르는 콧물을 휴지로 틀어막아야 한다. 틈틈이 재채기를 하고 애원하듯 막힌 코를 풀어야 한다. 새벽이든 한밤중이든 그래야 중상주의와 싸우다 장렬하게 전사한 리카도의 생애 한줄을 읽을 수 있고 홈쇼핑과 오래된 드라마 사이를 헤매다 말레이시아의 한 계곡에서 급물살을 타며 래프팅을 즐기는 용감한 신혼부부의 환호를 볼 수가 있다. 촐라체라는 높은 산에 오르면 뭔가 신비한 것이 있다고 믿는 진지한 소설가의 입담도 들을 수 있다. 잠들면 멈추리라. 우리를 둘러싼 성장과 풍요도, 나의 배설도, 뒤집힌 보트에 매달린 신혼부부의 생도 정지하리라. 생존방식은 새끼 애벌레에게 그대로 유전되고, 낮과 밤이 자주 바뀌리라.

어느 폭주족과의 인터뷰

폭주가 끝났어, 난 이제 자유야.

아니야, 폭주가 끝났을 때, 난 혼자였지.

끼어들거나 앞지르면서, 경적을 울리며 지그재그로 달리면서, 우리는 당신들이 다 말하지 않은 생각을 엿보지. 그때의 그 놀람, 짜증, 분노, 망설임, 그리고 두려움에 주춤하는 틈새로 재빨리 파고든다네. 욕하지 마, 우리는 행동하고 있는 거야. 찬찬히 보면 우리의 영혼은 총과 대포로 무장한 적의 진지를 습격하는 아파치처럼 긴장해 소리칠 뿐 당신들처럼 비웃진 않아. 목욕탕 슬리퍼를 걸친 저 왕십리 폭주족은 쓰러진 바이크와 그녀를 내팽개치고 어디로 달아나는 걸까. 재앙이란 그런 거지. 오로지 생존과 두려움으로 으르렁거리며 달리게 하는.

물론 내게도 여자친구가 있었지. 그녀가 내 등 뒤에 바짝 붙어 앉을 때 우린 서로의 알몸을 느꼈어. 그녀는 폭주를 뛰기 전에 꼭 시계를 바라보곤 했지. 언젠가 추억이 될 거라며. 그러곤 긴장된 목소리로 소리쳤어. 오빠, 존나 밟아. 경찰의 분류에 의하면 그녀의 신분은 폭주 분위기를 띠우는 동승자. 처벌은 귀가조치. 하지만 그녀가 돌아갈 곳은 그녀의 아버지가 홀로 식사를 하는 난파선 앞 공터의 낡은 의자.

그녀가 나를 소유하기 전에, 그러니까 내가 아직 달아날 준비도 되어 있지 않았을 때 바이크가 나를 소유했어. 겨우 It's mine 내꺼야~ ME, ME, ME, NO~ NO~ 따위를 부모의 품에서 외쳐보기도 전에, 가난에 길들기 전에, 선한 침략자의 진정한 충고를 받아들이기도 전에, 스타가 될지도 모른다고 생각하기도 전에, 정의란 무엇인가라는 책 제목을 서점 진열대에서 보기도 전에, 나의 눈빛이 누군가의 관심을 끌기도 전에,

내 바이크는 쇼크업소버를 높이고 연료탱크 위에 스피커를 달아 개조한 '대림 VR125'. 멋진 놈이지. 경찰은 흉기라고 부르지만. 경음기 멜로디는 얼마 전 '라꾸까라차'로 바꿨어. 그 경쾌한 소리는 폭주를 뛰다 사고로 죽은 친구의 미래를 떠올리게 하지. 성인이 되면 은퇴한다는 관습은 이

바닥에서도 잘 지켜지지 않아. 이유는 간단해. 그들이 아직 성인이 아니라는 거지.

엄포와 달리 특별단속도 시시하게 끝났어. 새벽 운동을 하러 강변아파트의 주민들이 유령처럼 하나둘 나타나는군. 하지만 나 역시 패딩에 추리닝 차림. 멋지지 않아! 좌절한 혁명가처럼 다리 밑에서 바라보는 한강의 새벽 불빛. 또 오랜 친구인 허기가 나를 흔들어 깨우는군. 어디론가 가야겠지. 난 어떤 결말도 두렵지 않아. 분명한 건 난 누구의 앞도 가로막진 않았다는 거야. 근데 언제부터 의병들의 패션은 이렇게 심플했을까!

주먹아, 나는 통곡한다

누군가 나에게 주먹을 하나 주었다.

주먹이 말했다.
이 주먹을 그가 어떻게 구했는지를 안다면
그의 마음을 알 거야.
나는 외롭지 않았으므로
그의 마음을 본체만체했다.

주먹이 나에게 말했다.
이 주먹이 어떻게 만들어졌는지를 안다면
세상을 알게 될 거야.
나는 나 자신에 대해서만 궁금했으므로
세상을 그저 물끄러미 바라보았다.

주먹이 다시 말했다.
이 주먹이 누군가의 따뜻한 손이었음을 안다면
당신도 세상을 향해 건넬 수 있을 거야.
나는 온건하고 진중한 사람이었으므로
주먹을 주머니 속에 넣고 만지작거렸다.

상록수

김수영 「거대한 뿌리」에 답함

전통은 아무리 더러운 전통이라도 좋다 나는 폭우로 잠긴 광화문

네거리에서 메말라가는 아프리카의 초원을 연상하고 오두섭 형이

아르바이트하던 식자집 옆 지금은 세계 등 축제로 번쩍이는 청계천에서

천원이 또 오른 을지면옥의 평양냉면을 먹으며

이 우울한 시대를 파라다이스처럼 생각한다

평양냉면을 안 뒤부터는 썩어빠진 대한민국이

괴롭지 않다 오히려 황송하다 역사는 아무리

더러운 역사라도 좋다

진창은 아무리 더러운 진창이라도 좋다

평양냉면을 먹는 동안에는 신자유주의와 금융자본시장을 부러운 눈길로 바라본다 진보와 개혁은 발라내 분리수거하라 주적도, 인문학의 풍토도, G20도, 경제민주화도, FTA도 수육 반접시에 털어넣는다 올겨울 크리스마스캐럴

은 한미연합사에 맡겨라

그러나

　신용불량, 중고차, 짭새, 준비생, 공시촌, 포인트 카드, 심부름센터, 농촌 총각, 불법체류자, 비정규직, 고공 농성, 분신, 화염병, 불법 다운로드, 노숙자, 성매매, 불법 시술, 가계부채, 대포폰, 야매 틀니, 탈주범, 포르노 싸이트, 급전, 몰카, 키스방, 실업수당, 폭주족, 삼각김밥, 유기견, 매운 떡볶이, 시간제 알바, 주차 위반, 급매매, 야구방망이, 달방, 일용직, 헛스윙, 신상털기, 무료 급식소, 대리운전, 연체료, 가격 파괴, 잡상인, 카드빚, 날치기, 무보증,

　나는 이 모든 무수한 반동과 수시로 내통한다
　매일매일
　이 땅에 빌붙어 살아남기 위해서
　21세기의 새로운 전통을 만들기 위해서

　나에게 놋주발보다도 더 쨍쨍 울리는 추억이
　있는 한 이 거대한 뿌리에 매달린

나는 얼마나 정의로운가

떨어질 줄 모르는 나의 겨울 이파리는 또 얼마나 푸른가

통계 속의 아해가 도로로 질주하오
이상 「오감도」에 답함

통계 속의 아해가 도로로 질주하오.
(길은 막다른 광화문이 적당하오.)

10대의 아해가 무섭다고 그러오.
20대의 아해도 무섭다고 그러오.
30대의 아해도 무섭다고 그러오.
40대의 아해도 무섭다고 그러오.
50대의 아해도 무섭다고 그러오.
60대의 아해도 무섭다고 그러오.
70대의 아해도 무섭다고 그러오.
80대의 아해도 무섭다고 그러오.

통계 속의 아해는 귀먹은 아해와 우울한 아해와 무력한 아해와 쪽팔린 아해와 찌질한 아해와 살살이 아해와 눈치꾼 아해와 나약한 아해로 구성되어 있소.(다른 사정이 있는 아해는 그라프에서 제외되었소.)

그중에 10대의 아해가 나약한 아해라도 좋소.

그중에 20대의 아해가 눈치꾼 아해라도 좋소.

그중에 30대의 아해가 살살이 아해라도 좋소.

그중에 40대의 아해가 찌질한 아해라도 좋소.

그중에 50대의 아해가 쪽팔린 아해라도 좋소.

그중에 60대의 아해가 무력한 아해라도 좋소.

그중에 70대의 아해가 우울한 아해라도 좋소.

그중에 80대의 아해가 귀먹은 아해라도 좋소.

(길은 달아나기 좋은 뒷골목이라야 적당하오.)

구경하던 아해가 도로로 질주하지 아니하여도 좋소.

'파이팅'의 윤리와 자본주의 정신
마야꼽스끼 풍으로

그들은 수시로
　　　　이렇게 외친다.
　　　　　　　'파이팅'
어느 세기가
이처럼 간결하고 압도적인 정신을
소유한 적이 있는가?
　　　　　(한때 유행했던 '영차영차'나 '수리수리마수리'
　　　　　　　　　와는 차원이 다르지.)
이 무지한 마법의 주문은
　　　　축구 경기를 하듯
　　　　　　모든 갈등을
　　　　　　　　당사자 간의 문제로 만들지.
그 단 하나의 이성은
오로지 나와 너 사이에 계약으로 맺어진
　　　　완전한 세계를 꿈꾼다네.
　　　　　　가진 자와 못 가진 자,
　　　　　　　　사용자와 고용자,
　　　　　　　　　　정복자와 희생자의

저 격렬한

응원 열기 속에

흥분한

우리의 지도자들을 보라구.

        골을 넣은 자의 세리머니에 열광하는

"웨이터, 의사, 마부, 예술가, 창녀, 부패한 관리, 귀족, 군

인, 십자군, 도박꾼, 거지"

    같은

자본의 오랜 친구 형제들을 보라구.

그들은 거친 파도를 만들며

      그 어떤 가파른 모순의 벽도 손에 손 잡고

        넘어간다네.

이 열기 속에서

    진땀을 흘리며

      어딘가 창문이 있다고 두리번거리던

안경 쓴 학자들은 차분하게 정년을 마치고

벽 앞의 평등을 외치며 숨을 헐떡이던 법조인들은
재빠르게 개업을 선언했다네.
어제 촛불을 밝히며 궐기하던 시민운동가들은
순진한 얼굴로 기업가 정신에 호소하며
기부금을 받는다네.

일자리가 없는 제3자에게
내일이란
냄새에 찌든 몽환적인 주점의 실내장식
그저 용감한 자는
그 앞에서 상의를 벗고 괴성을 지르다
까발려진 자신을
묵묵히 모니터링하는 예능인들뿐.

지속 가능한 미래를 위해 웃고 떠들며
다시 한번 간단하게
'파이팅'의 축배를 드는 대열에 속하지 않는다면
당신은 패배자 혹은 퓨리턴?

박봉성이나
　　　이현세의 만화에 등장하는
　　　　　모자를 푹 눌러쓰고
비 내리는 차가운 제국의 뒷골목에 등을 바짝 붙인 채
　　　절룩이며 돌아오는 패자를 맞는
　　　　　착한 애인은 더이상 없다네.

광장의
　　　벤치에 앉아
　　　　　말을 건네는 이는
　　　　　　　'파이팅'에 압도당해 절망한 시인들뿐.
자크의 충고에 따르면,
　　　그들의 구구절절한 말을
　　　　　귀담아들어서는 안된다지?
그가 보이지도 않는 양
　　　그냥 지나쳐야 한다지?

부자들은 눈물을 흘리지 않는다

제2차 세계대전 이후 많은 사람들이 더 많은 눈물의 위협을 느꼈습니다. 아프리카에 사는 아피아의 눈물은 샘처럼 솟았고, 아시아에 사는 사라의 눈물은 강이 되어 흘렀습니다. 서구의 어떤 정부는 눈물을 없애기 위해 자국의 정책을 받아들이는 나라들에 거액을 지원해 눈물의 강에 다리를 놓고 그 위로 기차를 다니게 했습니다. 눈물의 강가에는 온갖 꽃과 곡식을 심었습니다. 그 나라의 원조 덕분에 도로와 전화를 놓고 학교와 병원도 세웠지만, 대다수의 사람들은 여전히 눈물에 찌들어 삽니다.

하지만 부자들은 이미 눈물을 없앴습니다. 자기들을 위해서 말입니다. 하지만 온 인류를 눈물에서 구제하려는 노력은 번번이 실패했습니다. 왜 실패했을까요? 일반적으로 부자들은 눈물을 흘리지 않고 살아갈 수 있는 특권을 누구에게도, 어떤 일로도 방해받고 싶어하지 않습니다. 제 땅에서는 전쟁이 일어나지 않아야 하고, 제 식구는 굶기지 않아야 한다는 교훈 때문입니다. 부자들은 연민과 무능의 결과인 눈물로 얼룩진 자의 삶을 위로하는 행사를 인류애 또는 사회공헌 활동이라 부릅니다.

she1054 (596.024.***.***)　　　　　　　　추천 6 반대 0

　실력이 모자라서 밤에 잠 못 자는 곳에 근무했는데 그걸 가지고 태클을 걸면 안되지. 24시간 일하고 24시간 휴무하는 곳에서 난 일하고 있다. 갈 곳이 없다. 하는 수 없이 근무한다. 시간외근무 수당도 안 준다. 그래도 먹고살기 위해 130 받고 일한다. 경비들은 더하다. 나와 똑같이 근무해도 100 받는다. 그래도 그 자리를 지키려고 최대한 일을 한다. 편하게 일하며 돈은 5배 이상 더 받는 자도 많다. 정말 고르지 못한 세상이다.

　4시간 전

gmale2000 (124.149.***.***)　　　　　　　추천 10 반대 3

　매일 야간작업하고 연봉 1500~2000 노동자가 95% 이상이다. 이 부르주아 노동자들과 비호하는 한겨레야!!! 싫으면 그만두고 비정규직들 직장 자리 좀 만들어라. 3000만 줘도 일할 사람 수두룩하다!!! 니들이 미쳤구나, 눈깔에 뵈는 게 없구나!!!

　3시간 전

77

sym2 (580.180.***.***)   추천 6 반대 3

이리저리도 아닌 중간 입장에서 가만히 보자면, 10시간 주야 근무면 저랑 같은 근무 환경인데 야간은 참 힘들죠. 언론 플레이로 배부른 자들의 파업처럼 보이지만 사실 그렇지 않을 겁니다. 그만큼 힘드니 그만한 월급을 받는 거겠죠. 분명 평균보다(10년 차인 저보다 훨씬) 많은 월급을 받지만 힘들게 일할 겁니다. 그치만 야간했다고 1년 반 만에 5명이 사망했다는 건 좀 그렇네여. 울 공장도 타지역 공장들 합쳐서 1000여명 근무하나 야간해서 숨진 사람은 아직... 아! 야간 끝나고 졸려서 교통사고로 사망한 사람은 있네여...

　　1시간 전

flsroot (109.195.***.***)   추천 14 반대 5

비난성 댓글엔 보통 처녀 총각들이 많은가봅니다. 자신이 원하고 택한 반려자 그 사랑의 결과인 아이들을 볼 시간도 없는 현 한국의 근로 형태가 옳은 것입니까? 자신의 가족과 함께할 시간을 가져보겠다고 한 게 그리도 큰 죄입니까? 누군가의 득과 실에 의해 이런 개개인의 생활이 붕괴되는 것이 옳다고 생각하여 그렇게 비난하는지 궁금합니다. 물론 이 경우 양측 모두 잘못이 있지만 현 한국의 근로 형태까지 옳다며 정당한 권리 주장마저 비난하는 건 크게 잘못된 생각이라 생각합니다.

18분 전

duimam419 (220.814.***.***)　　　　　　추천 13 반대 12

욕하려니 등록도 안되네. 이걸 어떻게 표현하지... 와~~ 미치겠네. 밤낮 바뀌어서 일한 지 12년이 넘었지만 여태껏 4시간 이상 자본 적이 없다. 그리고 지금 이 시간에도 보고 싶은 가족들을 뒤로하고 단돈 몇만원 벌려고 피똥 쌀 정도로 힘들게 일하는 분들께 미안하지도 않나? 이런 개X 같은 새끼들아 정신 좀 차려라.

방금 전

이것은 내게 던져진 질문이 아니다

우린 서로 만난 적이 없으므로
침묵이 먼저다
왜 그래야 했는지 동기가 불분명하므로
침묵이 먼저다
검찰이 수사하고 있으므로
침묵이 먼저다
내부 고발자의 진술을 배제했다 해도
침묵이 먼저다
결정적인 증거가 조작되었다 해도
침묵이 먼저다
스스로 목숨을 끊었으므로
침묵이 먼저다
정부의 발표를 듣고 난 뒤에도
침묵이 먼저다

침몰하는 배에서 보내온 학생들의 문자와
모든 약속
그들이 함께 나눈 이야기가

증거 불충분으로

파기 환송된다 해도

우리 안에 자유에 대한 열망이 있어

괜찮다 다 괜찮다

다시 시작하자고 울부짖어도

제3부

달과 당나귀

어른들이 옷을 입은 채 곯아떨어지고 난 뒤에는 항상 아이들이 남아 밤을 지키는 어느 마을에 관한 이야기가 생각나는 그런 밤이었다. 나는 다짐도 없이 책을 짊어지고 고갯길을 올랐다. 머리 위로 구름이 지나갔다. 구름은 사소한 슬픔을 모른다. 지나온 길에는 오래된 책 속에 뿌리를 두고 발을 뻗은 불빛들이 드문드문 빛나고 있었다. 긴 제목의 책 표지 하나가 낡은 액자 속의 가훈처럼 내 불행의 뒷모습을 오래 바라보았다. 고갯마루에 우뚝 선 아름드리나무 밑에는 떨어져나간 책장들이 달빛을 끌어안고 한가로이 누워 있었다. 한참을 지나도 잔잔한 꽃 냄새가 가시지 않았다. 나는 온전히 구름을 빠져나온 달을 보고 나서야 다시 잠이 들었다. 달은 자기 자신을 주머니에 넣고 걷고 있었고*, 당나귀는 책을 짊어진 채 그 뒤를 따르고 있었다.

* 이나가끼 타루호(稻垣足穗) 『一千一秒 이야기』에서.

그동안 무엇을 하였느냐는 물음에 대해

김종삼 「물桶」에 답함

쪽배 같은 초승달이 교회 뾰족탑에 걸린 저녁이었다. 자신의 설교에 취해 감정이 격해진 신부는 신도들을 향해 자신 있게 물었다. 지금까지 살아오면서 자기가 원하는 일을 다 하고 산 사람이 있느냐고, 그런 분 있으면 손들어보라고. 그때 한 어린아이가 손을 번쩍 들었다. 나란히 앉은 부인이 놀라 말려보았지만 별 소용이 없었다. 미사가 끝나고 일일이 신도들에게 강복을 하는 착한 신부를 아이는 눈먼 얼굴로 환하게 맞았다.

봄과 고양이

사망 지점: 생의 한가운데

사망 시각: 예기치 않은 저녁

사건 개요: 그녀는 해가 기울 때까지 양지바른 길목에서 오래도록 외출복을 손질했다. 그러고는 콧노래를 흥얼거리며 3월이 막 지나간 길을 따라 걸었다. 길 건너편에선 먼저 도착한 어둠이 나무 그늘 속에서 숨을 고르고 있었다. 그녀는 지평선에 걸린 검은 구름을 뚫고 달려오는 자동차의 먼 불빛을 보았다. 시간은 충분했다. 한발 한발 그녀는 길 한가운데를 가로질러 갔다. 이제 속력을 내야 한다. 어깨와 뒷다리의 근육을 최대한으로 움츠렸다 펴는 순간 그녀는 어떤 강렬한 불빛을 정면으로 보았다. 그 불빛은 그녀의 목적지와 상관없이 그대로 직행했다. 그녀의 모든 경험이 한꺼번에 길바닥에 중얼중얼 쏟아졌다. 그 위로 보리 이삭을 든 별자리 하나가 분주하게 이쪽과 저쪽의 허공을 날아다녔고 그때마다 외딴집의 개들이 따라 짖었다. 이로써 그녀를 지배했던 고귀한 혈통과 모든 본능은 정지했다.

사망자의 신원: 노란 줄무늬 털옷

특이 사항: 없음

비고: 속습대로 그녀가 했던 모든 약속은 자동 파기됨

아들의 전쟁
어느 단기기억장애 환자의 독백

세운상가 앞 공터. 유엔 창립 66주년 기념 6·25전쟁 사진
전이 열리고 있다. 머리가 허옇게 센 노인 몇이 징병 대기
자 줄에 선 아들의 얼굴을 매만지는 한 어머니의 눈빛을 바
라보다 헛기침을 한다.

그 정신을 추모해야 할 아버지가 있다, 없다. 그 유산을
길이 이어받아야 할 아버지가 있다, 없다. 삭제하거나 수정
해야 할 모호한 기록을 가진 아버지가 있다, 없다. 용서를
빌어야 할 아버지가 있다, 없다. 심판하거나 통합해야 할 아
버지의 적들이 있다, 없다.

친절한 응급 의사는 수시로 와서 내 기억의 행방을 묻는
다. 왜 지금 여기에 있지요? 누구하고 어떻게 여기까지 왔
지요? 나는 천천히 고개를 가로저으며 대신 너의 안부를 묻
는다. 마로니에 공원 부근에서 총소리와 함께 소년병들의
구호소리가 들렸다. 아무리 생각해도 해 질 무렵 논길을 따
라 걸으며 혼자 울던 기억뿐인 나 같은 사람의 머릿속에 무
엇이 들어 있단 말인가? 그렇게 저질러진 일들의 귀결을 따

져 뭘 하자는 걸까?

　우리들의 아버지는 늠름하지 않다. 우리들의 아버지는
옹졸하고 눈에는 눈물이 반쯤 고여 있다. 우리들은 종종 아
버지와 다투고 집을 나간다. 하지만 아버지의 적들과는 일
정한 거리를 두고 인사한다. 말하자면 그들의 구두를 닦기
도 하는 것이다. 그러므로 우리들의 싸움은 하늘과 땅 사이
에 가득 차 있다.*

　테이블 위에는 요령 있게 편집된 어제의 신문이 오늘의
저녁 식판을 덮고 있다. 병실을 지키던 고단한 눈길들이 빗
길 교통사고 소식에 쏠릴 때 나는 은밀하게 나의 기억을 조
금 더 먹어치운다. 이제 그들이 다시 뒤를 돌아보았을 때
모든 현장은 술집으로 바뀌고, 재빠르게 몸을 숨기던 골목
은 잡초들로 무성하리라. 이 갈라진 강역에 나의 친일을 폭
로할 기억의 인질도, 나의 독재를 의심할 뒤숭숭한 꿈자리
도 없으리라.

다시 세운상가 앞 공터. 유엔 창립 66주년 기념 6·25전쟁 사진전이 열리고 있다. 집 나온 지 얼마 되지 않은 듯한 노숙자가 빈 소주병을 겨드랑이에 끼고 물끄러미 밴 플리트의 품에 안긴 한 전쟁고아의 초롱초롱한 눈망울을 바라보고 있다.

상관하지 말자. 그들이 어떻게 취하고 무엇과 싸우든.
그래, 애비라고 부르지도 마라!

* 김수영 「하…… 그림자가 없다」에서.

모금의 시대

모험의 시대가 가고 모금의 시대가 도래했다. 아프리카로 가는 모든 항로는 본 적도 없는 천사의 복장을 한 구름들로 북적인다. 한때 모든 산골짝마다 신들이 살았고, 큰 고목 아래서 비를 피하며 맨발의 우정을 나누었건만, 아프리카는 이제 마른 젖을 늘어뜨린 여인들의 검은 눈물과 오늘의 일정을 무사히 소화하고 숙소로 돌아가려는 천사들의 걱정스러운 수다 속에 날이 저문다. 부당하거나 무례하다고 느꼈을 때 화를 참지 못하고 분노하던 사람들은 모두 어디로 갔는가? 어찌하여 밤을 기다려 적의 심장에 짧은 창을 꽂던 줄루족의 어린 전사들은 보이지 않는가? 이 지상에서 사라진 사람들의 변치 않는 마지막 눈길을 잊지 마라! 그들은 어떤 변명에도 귀 기울이지 않는다. 그걸 두려워하라.

젊은 시인들의 상상세계

머지않은 옛날 읍사무소 민원실 구석진 곳에 시 항아리가 있어 누구나 필요한 만큼의 시를 퍼갔다. 거동이 불편한 노인들은 문 앞에 몰래 시를 놓고 가던 시대를 그리워했다. 이제 시는 날마다 전파를 타고 배달된다. 재잘거린다. 한편의 시가 반경 십 킬로미터 이내의 골목 상권에 영향을 미치고, 여성이 직장을 다니면서 동시에 가정을 돌보는 데 기여하는 시대가 된 것이다. 한때 시가 침을 뱉는다는 루머에 주가가 급락하기도 했다. 유엔에서는 한국 정부가 좀더 적극적으로 어려운 나라에 시 원조를 해주기를 원했지만 시의 의도가 불분명하다는 내수시장의 불만은 줄지 않았다. 디폴트를 막기 위해 참전한 젊은 시인들의 고난의 행적을 그린 다큐멘터리는 아직 상영관을 찾지 못했다. 요즘도 읍사무소 이층 계단 밑이나 재활용 창고에 가면 아직 버려지지 않은 텅 빈 시 항아리를 볼 수 있다.

나무와 나의 사적 관계에 대한 진술

검찰에게

얼어 죽은 장미나무 밑동에서 다시 돋아난 새순에 찔레
꽃이 폈다고 비웃었습니다. 옮겨 심은 뒤 두해 만에 만개한
모란꽃 아래서 전날 마신 술을 죄다 토한 적이 있습니다.
키만 크고 열매는 맺지 못하는 대추나무를 베어버린다고
협박한 적이 있습니다. 막 꽃이 피기 시작한 매화나무 밑에
수시로 개똥을 갖다 버렸습니다. 쥐똥나무 아래서 상습적
으로 오줌을 누고 침을 뱉었습니다. 물까치떼보다 먼저 열
매를 딴다고 서둘다 산수유나무 가지를 왕창 부러뜨린 적
이 있습니다. 뒷산에서 떠온 소나무를 보기 좋게 만든다며
해마다 가지를 사정없이 쳐내 불쏘시개로 땠습니다. 하지
만 나무들은 자신들의 영토와 주권에 대해 내게 어떤 요구
도 하지 않았습니다. 정말입니다! 어둠속에서조차도.

곰소의 새

상점 주인들은 지는 해와 무관하게 앉아 있었다. 한때 허망한 꿈을 좇던 아버지의 아버지의 얼굴을 쏙 빼닮은 한 남자가 말린 새우 더미를 뒤적거리다 등껍질이 부서진 새우 하나를 제 입속으로 쏙 밀어넣는다. 펄 흙에 말장을 박던 마음가짐들이 보이지 않는다. 맛보기로 입에 넣어준 갈치 속젓에서는 죽음과 해방의 맛이 물큰하다. 누락된 역사이거나, 아니면 흘러간 사랑 노래일지도 모르는 양철 담장에 기대어 다 큰 여자애가 훌쩍이고 있다. 곰소의 새들이 나란히 앉아 죽은 자의 눈으로 잦아드는 울음의 끝을 지켜보고 있다. 어떤 새는 자기도 모르게 벌겋게 저무는 대지의 항구를 부리로 흥얼거리다 깃 속에 파묻고 있었다.

12월

　잡념에는 이유가 있을 리 없다. 그는 홑 단(單)자가 갑골문에서 돌팔매를 뜻하므로 선(禪)이라는 글자는 잡념을 쫓는 돌팔매질이라고 말했다. 기차를 타고 혼자 고향에 다녀오곤 하는 그는 지난가을 흩어져 있던 어머니와 아버지, 할아버지와 할머니, 증고조 등 6대의 체백을 고향 마을 뒷산에 모았다. 이때 자기 안에 웅크리고 있던 할아버지의 웃음소리도 함께 묻었다. 다만 젊은 어머니의 무덤을 이장하던 중에 나온, 아직 제 색이 선명한 립스틱 하나만은 되묻지 않고 간직했다. 막걸리 한되를 절반쯤 마시고 난 그는 '12월'이라는 제목의 시를 한편 썼다고 말했다. 그러므로 그는 하릴없이 늙어가는 자본주의의 수컷이 아니다. 그는 하동 정씨다.

장분남전

그녀는 강화의 역사시대를 수놓은 278명의 화가 중의 한 명이다. 섬의 남쪽으로 이동하던 그녀는 빛바랜 트로피를 든 삼십대의 함민복 시인이 사는 동막 해변의 개펄에 이르러 새 움막을 구했다. 거기서 민박도 치고, 아들도 키우고, 손님에게 매운탕도 끓여줬다. 한때 저수지에서 낚시꾼들에게 커피도 팔았다. 함민복 시인의 결혼식 날 티코 뒷자리에 화장한 신랑과 흰 드레스를 입은 신부를 태우고 여의도 결혼식장까지 데려다준 이도 그녀다. 그녀는 언제부턴가 제 입을 속인다. 자기 자신 말고는 세상에 아무도 없다고 생각한다. 입을 열어도 좀처럼 제 속을 보이지 않는다. 자신의 뇌를 속여 웃고 있는 입을 가진 그녀에게 신들은 트럭 한대와 자유를 주었다.

홀로 벤치에 앉아 도시락을 먹을 땐

내가 시립도서관에서 도시락을 까먹는 자리는 늘 앞마당 왼쪽 맨 가장자리 벤치입니다. 오늘은 좀 이른 시간에 군신 같은 신록을 좌우에 둘러 세우고 앉은키만 한 철쭉과 겸상 하듯 마주 앉아 도시락을 먹습니다. 두부조림에 밥 한술, 콩 나물무침 한젓갈에 밥 한술, 뻐꾹새 울음에 얼씨구 좌우 한 번 둘러보다 신 오이소박이 한쪽을 입에 넣고 한 볼 가득 밥 한술을 뜹니다. 이렇게 혼자 앉아 도시락을 먹다보면 한 적한 건너편 등나무 벤치 구석에 등 돌려 앉은 한 여인이 보입니다. 한 손으론 흘러내린 머리카락을 고이 감싼 채, 보 나마나 그녀도 나처럼 입을 오물거리며 도시락을 먹고 있 을 겁니다.

그녀는 십여년 전 부인병으로 입원한 어머니와 같은 병 실에서 나란히 누워 지내던 여인입니다. 난소암이라고, 며 칠 못 살 거라며, 가족들은 병실 밖에서 눈물 훔치기 바빴 지만, 배는 임부처럼 부른 와중에도 도대체 며칠이나 남은 생인지 아는지 모르는지 링거 바늘 꽂은 손으로 김치까지 쭉쭉 찢어가면서 병원 밥 한그릇을 뚝딱 해치우던 여인입니다. 그러고는 물 한대접을 쭈욱 들이켜고는 문병 온 대학생 시동생에게 각종 요금 고지서 마감일을 챙기라는 당부도 빠뜨리지 않았죠.

그날 그 밥맛을 못 잊어서인지 이렇게 햇살이 좋은 날이면 그녀는 한적한 야외로 나와 혼자 식사를 하곤 합니다.

홀로 벤치에 앉아 도시락을 먹을 땐 가끔 주위를 둘러보십시오. 오래전, 아니 오래지 않으면 어떻습니까? 가도 아주 가지는 않노라시던* 그런 약속을 남기고 먼 길 떠났던 누군가가 그 담담한 한끼의 식사가 못내 그리워 등 돌려 도시락을 먹고 있는 당신의 어깨를 낙엽인 양 툭 건드릴지도 모를 일이니까요.

* 김소월 「개여울」에서.

벌레가 아니면 아무것도 아닌 잎과

가슴이 붉은 딱새는 오전보다 오후에 잘 나타나는데, 잔디밭에서 자라고 있는 마른 단풍나무의 가지에 자주 앉는다.

— 오규원 『가슴이 붉은 딱새』

벌레 먹은 잎, 벌레 먹지 않은 잎, 이 두 부류의 사랑만이 존재한다고 믿던 시절이 있었지. 한 잎을 사랑한 벌레의 그 솜털, 그 맑음, 그리고 그 벌레를 사랑한 한 잎의 보일 듯 보일 듯 한 순결과 자유*가 있다고 믿었었지.

하지만 슬픔에 잠긴 물푸레나무의 그림자는 말했다네. 빌린 벌레를 갚지 않은 잎에 대해, 남의 벌레를 먹은 잎과 벌레라면 치를 떠는 잎에 대해, 벌레가 아니면 아무것도 아닌 잎과 벌레 같지 않은 잎에 대해, 벌레를 낳지 못한 잎과 벌레만도 못한 잎에 대해, 감당할 수 없을 만큼 끔찍하게 벌레 먹은……

〔속보〕오늘 오후 강화도에서 붉은가슴딱새가 국내 최초로 발견되었습니다. 국립조류연구소는 우리나라에서 한번도 관찰되지

않은 미기록종인 붉은가슴딱새(학명 Niltava davidi) 암컷 1개체가 서해안 강화도에 도래한 것을 확인했습니다. 새로 발견된 붉은가슴딱새는 인도와 중국 남부 일대에서 번식한 뒤 모래들이 모여들어 밤까지 반짝이는 길**을 따라 누란을 지나 타클라마칸에서 서식하는 종으로 기존의 분포권에서 벗어나 학술적으로 큰 관심을 모으고 있습니다. 한반도 중부기상대는 강한 남서풍의 영향으로 이동 경로를 벗어나 강화도까지 이동하게 된 것으로 추정했는데……

변명하던 나무꾼은 그만 입을 다물었다네. 발걸음을 멈추고 저기 푸른 하늘 많이 곪은 안쪽으로 아예 들어갔다네.***

* 오규원 「한 잎의 여자」 변용.
** 오규원 「길」에서.
*** 오규원 「저기 푸른 하늘 안쪽 어딘가~」 변용.

허물의 집

빨래를 개다가
아내의 낡은 주홍색 반팔 티셔츠
등판에 새겨진 글자를 본다
낯선 문자다

식탁에 앉아 아내가
시집을 때 가져온 사전을 꺼내들고
돋보기안경을 찾아
더듬더듬 해독한다

Deux billets pour Marseille,
première classe, s'il vous plaît.
Qui aime bien châtie bien.

ce ticket doit être oblitérer
aussitôt après l'achat.

해가 기울고 있었다
소녀는 과연 돌아올 것인가

트랜스젠더

은행나무가 한그루 서 있습니다. 저만치 떨어져 또 한그루의 은행나무가 서 있습니다. 늦가을 달빛이 은행나무의 서쪽 잎들을 노랗게 물들이면 은행잎들은 우수수 내려와 은행나무의 발등을 덮습니다. 버림받은 여자였던 남자가 한 남자의 발을 닦아줍니다. 무능한 남자였던 여자가 간신히 팔을 뻗어 한 여자의 어깨 위에 편지를 씁니다. 은행나무가 한그루 서 있습니다. 저만치 떨어져 또 한그루의 은행나무가 서 있습니다. 그 사이로 둥근 창이 하나 공중에 떠 있습니다. 설거지거리가 잔뜩 쌓인 주방과 깨진 술잔이 나뒹구는 식탁이 들여다보이는.

초식(草食)

풀들이
풀들을 계승한다

쉰 엄나무 잎을 뜯어
된장 속에 박아넣는다

한때 소를 웃겼던 윤희상이
추리닝 차림으로
길상사 앞마당에서 등불을 달고 있다

가을이 되면 벌레들은
옛이야기 속으로
더 깊이 들어가
추운 겨울을 난다

제4부

옛사랑

우리는 종종 해안가로 밀려와 퍼덕이는 고래를 본다. 왜 고래들은 깊은 바다를 버리고 해안가로 밀려오는가? 그 이유는 아직 밝혀지지 않았다. 어떤 이는 오년 전 호주에서 보았고, 어떤 이는 지난해 충남 보령에서 만났다지만, 전철 입구나 지하 주차장에서 칠천삼백일 만에 느닷없이 마주친 이들도 드물지 않다. 고래와 마주쳤을 때 우리가 할 수 있는 일은 많지 않다. 어떤 이는 거친 숨을 몰아쉬는 고래를 어루만지며 피부가 마르지 않게 부지런히 물을 뿌리기도 하고, 어떤 이는 젖은 눈을 들여다보며 초조하게 시계를 보거나 어디론가 전화를 걸기도 하지만 이 고래를 되살릴 뚜렷한 방도는 현재로선 없다. 그저 밀물이 들어올 때까지 예닐곱시간을 기다려 고래를 다시 깊은 바다로 되돌려보내는 것 이외에는.

하루
고 김종준 형에게

　초등학교 5학년 여자아이가 마루에 엎드려 구겨진 화선지를 펴고 코를 훌쩍이며 처음 배운 붓글씨를 쓰고 있다.

　식탁 바닥에서 이 글씨를 발견한 엄마는 각종 고지서를 한쪽으로 밀치고 보란 듯이 냉장고 문짝에 붙여놓는다.

　온종일 무덤 근처에서 잃어버린 연장 벨트를 찾던 귀농의 아버지가 저녁별을 닦다 유리창 안으로 물끄러미 이 글씨를 바라본다.

시인과 그의 책

빈센트 밀레이에게 답함

나는 그녀를 모른다.
파주 문발리헌책방골목
난간에 매달린 장미꽃은 붉고
누군가 여름이 다 지나갔다고 말하지만
나는 그녀를 본 적이 없다.

도서명/ 죽음의 엘레지

저자/ 빈센트 밀레이

옮긴이/ 최승자

출판사/ 청하

발행연도/ 1988년

정가/ 2200원

판매가/ 2만 8000원(배송비 포함)

주문자/ 광주 북구 운암동 산노을아파트 최명희

나는 그녀를 알지 못한다.
아침나절부터 텅 빈 오후 내내
노란 꽃가루 같은 먼지를

머리 위에 쓰고 있는 그녀를
나는 발견하지 못했다.
왼쪽으로 기울어진 책잔치 포스터가 붙은
헌책방골목 유리문 앞에 잠시 멈춰 선
다정한 연인들도
달빛이 닿지 않는 구석진 서가에
누가 갇혀 있는지
궁금해하지 않았다.
그녀가 인터넷 주문으로 마법을 풀기 전까지는

흙더미들이 쏟아져내리는 무덤 속에서
나는 오래 기다린 책 하나를 찾는다.
나의 허파는 해묵은 먼지로부터
이 작은 책을 들어올려
색 바랜 책장을 넘기며
그녀의 향기로운 뼛가루들을 들이마신다.
해진 장정과 희미해진 글자들 사이로
알 수 없는 뭔가가 소란스럽게

부풀어오른다.

오후 다섯시가 지나
이 책이 노란 봉투에 담겨 택배기사의 손에 건네지면
나는 호박마차를 타고 떠난
늙은 소년들과 소녀들의 이야기 속에서
익숙하고 아늑한 절망에 빠질 것이다.
하지만 내일이면 누군가는
이 책을 가슴에 꼭 끌어안고
햇빛 있는 곳으로 데려가
작은 날것들이 기어다니는
거미줄 쳐진 창 곁에 배를 깔고 누워
그녀를 읽고
그녀의 여백에 무언가를 휘갈겨 쓰리라.

나는 그녀의 상기된 표정을 힐끔거리면서
몇번이고 고쳐 썼을 그의 말들을
허겁지겁 베껴 쓴다. 시간이 많지 않다고

틀린 철자법들이 다급하게 그녀의 허리를
한입 베어 물고 소리친다.
내가 태어나기도 전에 어긋난
그녀의 지독한 사랑을 위로하는 전화 따윈 소용없다.
물길이 끊긴 샛강을 내려다보며
쉼 없이 보이차를 권하는
문발리헌책방 사장님도
더이상 나의 방탕을 물고 늘어져서는 안된다.

나는 생명의 숨결을 훔친 자
오늘밤 나는 춥고 어두운 동굴 속으로 돌아가
수많은 밤들을 쥐어뜯으며 흐느껴 울 것이다.

* 빈센트 밀레이 「시인과 그의 책」을 패러디함.

아무것도 아닌, 그저 지난 일 1
'로고스'호 선상 서점

1975년, 지금은 인천 제2 국제여객터미널이 된 사동 삼거리 내항 부두에 '로고스'라는 이름의 배가 정박했다. 나는 사람들을 따라 갑판에 걸쳐진 나무 사다리를 타고 배에 올랐다. 선상 서점에는 책들이 가득했다. 많은 책들 사이로 책이 아닌 것들을 위한 좁은 통로가 있었고 나는 두리번거리며 가장 한갓진 쪽으로 발걸음을 옮겼다. 앳된 이국 선원들의 얼굴은 환했다. 앞날을 짐작조차 할 수 없던 시절, 그들은 이미 뭔가를 다 알고 있는 듯 주저하지 않았고 친절했다. 나는 답례로 얇고 값싼 책 한권을 샀다. 그 책은 내 바짓가랑이에 묻은 지푸라기와 풀씨를 보고 자신도 초대를 받고 항해 중이라고 말했다. 그때 나는 막 산에서 내려온 길이었고, 사랑하는 사람을 잃었다.

아무것도 아닌, 그저 지난 일 2
그 나무들

　우리는 둥글게 둘러앉아 추운 겨울을 보냈다. 발목을 덮고, 뒷산과 마을을 덮은 이불은 산꼭대기에서 내려다본 먼 곳의 지형처럼 굽이굽이 펼쳐져 있었다. 우리의 발들은 이불 밑에 포개지거나 더러 삐져나왔지만 어렵지 않게 타협에 성공했다. 화투 패를 건네기 위해, 트랜지스터라디오의 볼륨을 높이기 위해, 손목을 때리는 벌을 주기 위해, 귓속말을 하기 위해, 전등을 켜기 위해 우리는 보름달 부스러기가 떨어진 꿈틀거리는 산맥과 머나먼 평원을 지나야만 했다. 기차는 밤새 덜컹거리며 어디론가 달렸다. 우리는 인적 드문 창고에 이르러 차가운 불빛과 거친 손길에 의해 제멋대로 분류됐다. 그리고 다시 소형 택배 트럭의 짐칸으로 옮겨진 뒤에야 서로의 몸에 박힌 주소를 힐끔거렸다. 동이 트고 있었고, 뜯어진 채 되돌아오는 상자들도 멀리 보였다.

아무것도 아닌, 그저 지난 일 3
류 안드레아 신부에게

스리랑카 칸디에서 편지가 왔다. 푸른 봉함엽서 겉봉에 담긴 실론티 한잔은 해적과 난민이 번갈아 오가는 뱅골 만을 지나 남중국해를 이십여일이나 항해하고도 아직 식지 않았다. 학교를 파하고 집으로 가는 유류창 부대 앞 마지막 갈림길에서 교복을 입은 채 헤어진 지 사십년! 지난가을 서강 근처에서 다시 만나 노환의 어머니가 주었다는 꼬깃꼬깃 접힌 용돈으로 사준 냉면을 나는 마저 다 먹지 못하였다.

네 글씨체가 중학교 때 그대로이듯 내 웃음소리는 여전히 경박하다. 아내는 전화 받으라고 소리치던 역전다방 아가씨인 양 그런 우리를 바라본다. 그래, 우리는 무심한 잠자리처럼 돌이킬 수 없는 칠십년대의 철길을 지나 떠들썩한 풍문의 어깨 위를 잠시 기웃거리다 그만 눈이 어두워져 돌아온 것이 아닌가.

눈이 침침하면 큰 것만 보고 살라는 말씀, 굳이 작은 것을 봐야 한다면 쓰고 있던 안경을 벗어버리고 전보다 더 가까이 다가가라는 말씀, 한때 우리가 걱정스럽게 수군거리며 뒤를 밟았던 성긴 별자리의 후손들에게 들려주리라.

어떤 새도 울지 않았다
춘추잡설 1

경인년 정월 초, 큰 눈이 내렸다. 또다시 여러 제후들이 여론의 분할을 둘러싸고 맹약을 했다. 수평말 최씨 부인이 저녁상을 물리고 소파에 앉은 채로 졸했다. 눈은 이삼일 간격으로 쉼 없이 내리다 스물나흘 만인 대한에 비가 되었다. 북쪽 언덕을 뒤덮었던 기세 좋던 눈도 비를 맞자 지난가을의 허술한 풀밭을 드러냈다. 끊겼던 버스가 다시 언덕길에서 뒷모습을 보였다. 어디서 나타났는지 새들이 비를 맞으며 밭둑으로 몰려나와 부지런히 풀씨며 나무열매 따위를 주워 먹었다. 자세히 보니 참새, 콩새, 까치, 딱새같이 이름을 댈 수 있는 새도 있었고, 어린 새와 늙은 새도 있었다. 그 중에는 지난 섣달에 매에 쫓기다 구사일생으로 살아난 산비둘기도 끼여 있었다. 하나같이 봉두난발에 깃털이 흠뻑 젖어 있었다. 어떤 새도 울지 않았다.

여옥은 집에 없었다
춘추잡설 2

정월에 내린 눈이 채 녹기도 전인 2월 정묘, 여강에 보를 쌓고 강바닥을 파헤쳐 인근에 흙바람이 그치지 않았다. 잠든 동생을 들쳐 업고 동무의 집을 찾아가다 되돌아오는 강가에서 물고기를 잡던 백수광부 서넛이 얼음이 깨지면서 빠른 물살에 휩쓸려 익사했다. 차림새가 반듯한 왕국의 신도 둘이 잠긴 문을 두드리고 있다. 여옥은 집에 없었다.

스스로 목숨을 끊은 여배우가 조선일보 앞에서 일인 시위를 했다. 밀린 차량들 사이를 비집고 미얀마 여인들이 재스민 꽃 대신 법전을 팔고 있다. 외국인 투자 관련법이 개정된 이후의 일이다. 해마다 독립 유공자에게 훈장이 수여됐으나 전달할 후손은 찾지 못했다. 노래방에서는 이별의 아픔을 노래한 서정시가 크게 유행했다. 그렇지만 검색어 빈칸에 불현듯 여옥을 쳐보는 이는 없었다.

방 안에서의 여행
춘추잡설 3

혁명 직후였다. 그녀는 그 방 아랫목에서 첫날밤을 보냈다. 그리고 그 자리에 누워 아이 넷을 낳았다. 매일 논밭 같은 이부자리를 폈다 개고 그 위에 밥상을 차렸다. 복통이 일 때는 윗목에 있는 청화 요강까지 오르막길을 기어올라 구토를 하기도 했다. 손때 묻은 풍경을 걷어내고 사방을 꽃무늬로 도배를 하면서 가구의 위치와 함께 경유지도 조금 변경했다. 하지만 달력을 뗀 자리에 밥풀로 지방을 붙이고 거침없이 혁명 이전을 살았다는 시아버지의 기제사는 해마다 모셨다. 등 돌린 채 어려운 여행자의 부탁을 거절한 곳도 아들딸들의 세배를 받던 깎아지른 절벽 위에서다. 오래전 방 안에서 잃어버린 기념 반지는 아직 찾지 못했다. 성에가 핀 작은 차창 밖으로 혁명가의 초상화를 그리는 늙은 느티나무를 훔쳐보기도 했다. 구겨진 약봉지와 나란히 누워 지낸 날들이 부쩍 늘었다. 훌쩍거리던 시집간 딸들의 바람과 달리 그녀는 등지고 있던 아랫목 장판의 그을음 같은 기억에서 결국 한발짝도 더 나아가지 못했다. 여행업계 대표가 가장 먼저 달려와 대문 밖에서 조문을 했다. 식사를 마친 그 새털구름은 뿔뿔이 떠나는 여행객들을 위한 팸투어를 이유로 일찌감치 자리를 떴다.

거리를 혼자 걷고 있는 아내를 보았다

후투티는 낡은 간판과 기와지붕 틈새로 거리를 걷고 있는 아내를 보았다. 그녀는 제 부리보다 작은 새끼를 잃은 최초의 새인 양 무언가를 더 증언하려는 듯 가다 서기를 반복하며 두리번거렸다. 지하도 앞에 서서는 날개에 덮인 자신의 가는 발목을 물끄러미 내려다보았다. 얼굴도 모르는 새끼들과 뿔뿔이 국경을 넘어 다시 남쪽으로 내려갈 무렵이면 그녀의 꿈자리는 한결 사나워질 것이다. 쇼윈도 앞에서 한참을 중얼거리던 그녀가 골목 바람에 기지개를 펴듯 날개깃을 쭉 펴고는 빈 봉지처럼 잠시 솟아오르다 주저앉았다. 상관없다고, 잠시 딴생각을 했노라고 둘러대겠지만 그녀의 혼잣말은 이제 목에 걸린 휴대폰의 진동소리에도 화답하지 않았다. 상가에 불이 켜지자 거리의 낙엽들이 허둥거렸다. 어제와 같은 평화로운 시대였다.

무덤 생활 2

　새벽 잠결에 머리맡에서 새소리를 듣는다. 누군가 익숙한 솜씨로 본체를 뒤집어놓고는 나사를 돌려 덮개를 연다. 메인보드에 쌓인 먼지를 훅 분다. 합장(合葬)인데…… 근데 누가 세팅한 거야, 궁합이 안 맞잖아. 프로그램만 다시 깔면 좀더 쓸 수 있지 않을까요?

　아내의 배에 손을 얹는다. 배꼽 부근의 긴 상처 자국이 밤새 새어나갈 불빛 하나를 움켜쥐고 있다. 침묵하는 구름은 따뜻하다. 장마가 거의 끝나가는 휴일 아침, 날이 흐려서 더 울다가 다시 누웠다*

* 김수영 「풀」에서.

아들과 나란히 밤길을 걸을 땐

아들과 함께 나란히 밤길을 걷다가 기도원 앞 다리께서 서로 눈이 맞아 달처럼 씨익 웃는다. 너의 이마에 맺힌 땀방울이 안쓰럽다거나 어느새 거칠어진 내 숨소리가 마음 쓰여서만은 아닐 게다. 아마 나란히 걷는 이 밤길이 언젠가 아스라이 멀어져갈 별빛과 이어져 있음을, 그리고 그 새벽에 차마 나누지 못할 서툰 작별의 말을 미리 웃음으로 삭히고 있다는 뜻일 게다. 아들과 나란히 밤길을 걸을 땐, 벙어리인 양, 서로 마주 보며, 많이 웃자.

학교에 가자
인천 광성고등학교 제4회 졸업 30주년 기념시

친구여, 학교에 가자
십일월의 밤이여 교문을 열어젖혀라
삼년의 시간을 가슴에 품고
삼십년을 달려온
저 시간의 풍경들을
정중하게 맞이하라

둘러보니 너나없이
스무살의 눈과 귀는 흐려지고
흰머리 귀밑에 가득하다
똑바로 걸어왔다고 믿었을 터이나
돌아보니 굽은 길 위로
굽 닳은 발자국들 어지럽고
우리의 대화는
교정에서 바라본 바다의 먼 불빛처럼
뚝뚝 끊긴다

그렇다면 친구여, 학교에 가자

낡은 책상과 의자의 먼지를 털고
다시 한번, 국사와 세계사에 관해
수학과 화학, 물리
윤리와 지리, 음악과 미술에 관해
그리고 정치 경제에 관해
국어로 영어로 혹은 독일어로 또박또박 질문하자

다시 희망에 대해
가능하지 않은 것에 대해
너무 가벼워서 차마 쓰지 못했던 십대의 하루에 대해
교모를 눌러쓰고 머뭇거리던 그 집 앞에 대해
눈 오는 날의 성급한 가출에 대해
배신과 분노, 후회와 한없는 미안함에 대해
다시 묻고 또 물어보자

친구여,
안개로 밀리는 아침 출근길이건
호젓한 산길이건

문득 '나는 잘 살고 있는가' 하는 생각이 들거든
학교에 가자

학교에 가서
황해를 내려다보며 교가를 부르던
그때의 나를 목청껏 응원하자
그때의 나를 깨워 다시 살게 하자

그 달에는 인천 앞바다의 물때가 적혀 있다

대연각 호텔 화재가 나던 칠십년대 초 무렵인가 수인역 앞 건널목 앞에서 노란 우비를 입고 걱정스럽게 걷고 있는 너를 본 것이 마지막이었다. 나는 그때 죽은 민어를 자전거 짐칸에 싣고 있는 아버지와 함께 인파 속에 묻혀 있었고, 너는 낯선 행성에 이끌리듯 누군가의 뒤를 따르고 있었다.

돌이켜보면, 너는 자주 나를 내려다보았다. 여름 바람이 하얀 커튼을 흔드는 이층 교실에서, 대문 옆 푸른 돌배나무 아래서, 어두운 부엌 바닥에 쪼그리고 앉아 아궁이에 불을 지피던 늦은 저녁에, 너는 아무렇지도 않게 긴 앞 머리카락을 흩날리며 다가와 내 손을 너의 호주머니에 넣고 너의 들판을 쏘다녔다.

나는 노란 우비 속 너의 가는 팔목에 줄 끊어진 목걸이의 구슬을 다시 꿰어 만든 두개의 팔찌가 나란히 걸려 있기를 바랐다. 해안 도로 빗길 위를 서로에게 안기듯 낮게 나는 바닷새들처럼 충동적인 적도 없진 않았다. 이제 남은 것이라곤 함께 귀 기울였던 안개에 덮인 조수, 멀리서 듣는 라

디오 연속극같이 무심하게 가라앉은 갯벌의 침묵, 그런 서로의 시간을 지켜보던 항구의 먼 불빛

　그리고 무엇이 더 필요했을까? 나는 네가 일자리를 찾아 고향을 떠난 어미를 닮은 또다른 포유류가 되기를 바라지 않았다! 나의 빈방에는 인천 앞바다의 물때가 적힌 오래된 달이 하나 걸려 있다. 지금은 그 용도를 알 수 없는, 까닭 없이 서툴고 평범한

열리지 않는 책
『불조직지심체요절』 시주자 묘덕을 기리며

　　　　때로 아무리 곽곽하고 아무리 답답
하고 아무리 궁금하여 머리 깎고 눈에 불을 켜 모든 게송을
섭렵하고 경전의 밑바닥까지 파헤쳐 선의 요체를 간파하였
다 한들

　　　　오른손에 지혜의 칼을 왼손에 푸른
연꽃을 들고 선 일자문수보살 오자문수보살 팔자문수보살
의 오랜 침묵을 판하본(板下本)으로 주자(鑄字)로 꾹꾹 눌러
담았다 한들

　　　　진흙책은 열리지 않는다. 모든 것이
마음속에 있다면 대지와 허공을 찢고, 산과 강을 뒤섞고, 동
서남북을 뒤흔들어놓은들 반야(般若)의 배꼽은 다시 열리
지 않는다.

혼재향(混在鄕)의 시간과 시적 풍자

오형엽

1. 서사적 진술과 아이러니

첫시집 『꿈에도 별은 찬밥처럼』(1989)에서 '심리적 파장의 구조, 즉 심리적 울림의 색깔이나 극화 형태'(오규원)를 보여준 이창기는 두번째 시집 『李生이 담 안을 엿보다』(1997)에서 신체적 주체의 시선을 통해 풍경을 끌어당기며 은유와 환유의 연결고리를 형성한다. 그것은 의식의 언술과 무의식의 언술이 교차하는 경계의 빈틈을 통해 과거의 상처와 현재의 상황이 섞이며 선택적으로 결합된 것이다. 시인의 몸에는 과거의 흔적이 새겨져 있으며, 시인은 이 흔적이 남긴 곤고한 삶의 현실을 환멸과 유희적 발랄함과 불꽃같은 운명애로 대응하며 다양한 시적 스펙트럼을 보여준다. 세번째 시집 『나라고 할 만한 것이 없다』(2005)에서 '시

골생활의 편안함과 난처함을 노래하면서 자기 내면의 지도'(이남호)를 그리던 시인은 이번 시집 『착한 애인은 없다네』에서 다양한 서사적 진술의 방법을 실험하면서 풍자적 시선을 강화하는 방향으로 나아간다.

이전 시집들과 변별되는 이번 시집의 가장 기본적인 특성은 시의 형태면에서 산문시가 주를 이루고, 표현면에서 묘사보다 진술이 더 큰 비중을 차지한다는 데 있다.

겨울이 오면 이 땅의 어머니들은 누구나 한두번쯤 아침 밥상을 차리다 말고 무슨 액땜이라도 하는 양, "야, 밤새 눈이 하얗게 쌓였네" 하고 들릴락 말락 하게 내뱉는다. 그릇 부딪는 소리, 얌전한 도마소리에 취해 두툼한 솜이불 한 귀퉁이씩 붙들고 늦잠을 즐기던 아이들은 무엇엔가 홀린 듯 단잠을 훌훌 벗어던지고 내복 바람으로 성에 낀 창가에 매달려 그 맑고 찬란한 겨울 아침을 맞곤 했다는데, 이런 거짓말의 풍습은 밤새 눈 내린 춥고 컴컴한 첫새벽에 삶은 눌은밥 한사발 들이켜고 홀로 먼 길 떠난 사람들의 안녕을 비는 이 눈물겨운 족속의 오랜 전통이라고.

　　　　　　　　　　　　　──「겨울 아침의 역사」 전문

산문시의 형태로 전개되는 이창기의 최근 작품은 '서사

적 진술의 시'라고 명명할 만하다. 두번째 시집에서 은유와 환유를 중심으로 형성된 '상징의 밀도'와 '암시의 여백'이 시인의 내면세계를 보여주었다면, 이번 시집에서는 인물·사건·배경 등을 중심으로 전개되는 '이야기의 구조'가 외부 현실의 객관적 양상을 보여준다. 심층적 내면에서 표면적 외부 세계로 눈길을 돌린 이창기의 시가 서사적 진술을 통해 들려주는 이야기는 개인사라기보다 "이 땅의 어머니들" "눈물겨운 족속" 등 어떤 공동체의 사건이라는 특성을 지닌다. 또한 그 이야기는 한 "족속의 오랜 전통"처럼 현재의 사건일 뿐만 아니라 과거에서 현재까지 이어지는 사건이기도 하다. 결국 이 시는 이창기의 '서사적 진술'이 개인을 넘어선 공동체, 현재를 포함한 과거 및 미래의 관점으로 전이되면서 '상징의 밀도'와 '암시의 여백'을 넘어서 '공간과 시간의 확산'이라는 특성을 띠고 있음을 보여준다.

그런데 흥미롭게도 다음의 시는 공간과 시간을 압축시켜 "고도로 집중된 이미지"를 만드는 시적 지향, 다시 말해 '단 한편의 시'를 만드는 작업에 대한 추구 및 그 좌절의 이야기를 서사적 진술의 어법으로 들려주면서 미묘한 이중적 태도를 드러내는 듯이 보인다.

지역과 민족, 국가를 뛰어넘어 한 시대를 풍미하는, 누구나 쉽게 읽고 공감할 수 있는 수준 높은 한편의 대표 시를 만들어 전세계에 유통시키자는 이 비밀 프로젝트를 위해 보스턴컨설팅그룹은 서로 다른 언어권에서 자란 정장 차림의 세명의 직원을 특채해 팀을 꾸렸다.

(…) 또 한 직원은 루이스 캐럴의 『실비와 브루노』에 나오는 '나'와 백작의 딸 뮤리엘과의 대화에서 착안해 이 시들의 최소공배수를 찾아내서 가장 고도로 집중된 이미지 이외의 표현들을 지워나갔다.

(…) 이 시는 각 언어의 유일본만을 남기고는 비밀리에 해체되어 그저 이웃들 간에 나누는 평범한 낱말이 되거나 대중가요에나 등장하는 구슬픈 이미지로 되돌아갔다. (…)

이 프로젝트가 처음의 취지대로 다시 부활하기를 바라는 이들은 '우리가 하겠다고 마음먹으면 못할 것이 없다'는 자세로 비밀리에 다양한 커뮤니티를 구성해 그날에 대비했다. 그 해커들은 손가락 하나만 까닥하면 과거와 미래의 지혜와 정신, 감각을 총망라한 오늘의 시를 불러낼 수 있는 날이 오리라 믿었다.

—「오늘의 시」 부분

"지역과 민족, 국가를 뛰어넘어 한 시대를 풍미하는, 누구나 쉽게 읽고 공감할 수 있는 수준 높은 한편의 대표 시"는 "가장 고도로 집중된 이미지"를 가진 시와 연관되고, "과거와 미래의 지혜와 정신, 감각을 총망라한 오늘의 시"와도 연관된다. 이 '단 한편의 시'는 일단 주체가 지향하는 시의 최종 목표라고 볼 수 있다. 이러한 관점에서 이창기는 여전히 공간과 시간을 압축시켜 '상징의 밀도'와 '암시의 여백'을 만드는 시적 지향을 포기하지 않은 듯이 보인다.

그런데 시적 화자는 이러한 작업이 "전략 컨설팅 분야의 세계적인 리더인 보스턴컨설팅그룹에 의해 실행되었"고, 이 그룹은 "비밀 프로젝트를 위해" "서로 다른 언어권에서 자란 정장 차림의 세명의 직원을 특채해 팀을 꾸렸"으며, 이들에 의해 "시적 주체 혹은 화자의 성격"이 정해지고, "실행위원회"에 "단어를 고르고 이미지를 만드는" 임무가 주어졌다고 진술함으로써 우리 시대의 문학적·문화적 생산이 어떤 경영 전략 및 컨설팅 기획에 의해 견인되고 있음을 은연중에 고발하고 비판한다. 다시 말해, 시인들이 추구하는 목표로서의 '단 한편의 시'를 제시하는 동시에, 그러한 추구 자체에 상업성과 타락성이 개입되어 있음을 암시하여 아이러니를 생성한다. 이처럼 이창기의 최근 시는 이중적 태도를 내적으로 공존시키는 아이러니의 정신을 견지하면서 다양한 서사적 진술의 방법 및 시적 풍자의 방식을 종횡무진 전개해나간다.

2. 알레고리와 몽따주

이창기가 아이러니의 정신을 효과적으로 형상화하기 위해 시도하는 첫번째 서사적 진술의 방법 및 시적 풍자의 방식은 알레고리와 몽따주이다.

라면이 끓는 사이 냉장고에서 달걀 하나를 꺼낸다. 무정란이다. 껍데기에는 붉은 핏자국과 함께 생산일자가 찍혀 있다. 누군가 그를 낳은 것이다. 비좁은 닭장에 갇혀, 애비도 없이. 그가 누굴 닮았건, 그가 누구이건 인 마이 마인드, 인 마이 하트, 인 마이 소울을 외치면 곧장 가격표가 붙고 유통된다. 소비는 그의 약속된 미래다. 그는 완전한 무엇이 되어 세상 밖으로 날아오르기를 꿈꾸지 않았다. 자신의 처지를 한탄하거나 누군가를 애끓게 사랑했던 기억도 없다. 그런데 까보면 노른자도 있다. 진짜 같다.

— 「시의 시대」 전문

이 시는 알레고리의 서사적 방법을 통해 시적 풍자를 실천한다. 일반적으로 알레고리는 하나의 공간에서 자체로 완결된 이야기 구조를 지니면서, 그것을 전체적 상징으로서 현실에 적용하는 기법이다. 이때 내적 완결성은 의미의 중심을 현실로 전이시키면서 교훈적 메시지를 전달한다. 이 시는 '달걀'의 속성을 언급하는 진술을 통해 궁극적으로 우리 시대의 '시'를 풍자한다. 우리 시대의 시는 마치 '무정란'처럼 진정한 생명력 및 본질을 상실한 채 "붉은 핏자국"과 "생산일자"로 정체를 위장하거나 태생의 비밀을 속이는 사이비적 속성을 보여준다는 것이다. 그리고 "가격표가 붙고 유통"되는 '생산—판매—소비'의 완강한 마케팅 씨스템의 구속에서 자유롭지 못하다는 점을 냉소적인 어조로 비꼬듯이 표현한다. 알레고리는 교훈적 메시지로 인해 대체로 단순한 구도 및 도식성의 한계를 노출하기 쉬운데, 이창기는 어조의 미묘한 뉘앙스를 활용하여 우리 시대의 문화적 세태를 효과적으로 풍자한다. 풍자와 비판의 대상 속에 시인 자신도 포함시키는 일종의 자기반성적 요소가 개입된다는 점도 주목할 만하다.

도시를 순회하며 공연 여행을 하던 토니 스캘조는 스핑크스로부터 '이 노부부는 왜 실종되었을까'라는 질문을 받았다. 토니 스캘조는 하워드 부부가 길을 헤매다 숨진 것이 아니라 두사람이 처음 만났던 행복하고 아름다운 시절로 돌아가려 했다고 대답했다. 그들은 황금빛 고속도로를 출구로 택했으며, 모든 것을 그대로 남겨둔 채 춥거나 배고프지 않고 병들지도 늙지도 않는 그곳으로 떠난 것이라고. 그는 이런 자신의 생각을 「The way」라는 노래로 만들어 1998년 패스트볼의 두번째 앨범 「All the pain money can buy」에 수록해 발표했다. 「The way」는 그해 4월부터 7주간 빌보드 모던 록 차트 1위, 캐나다 씽글 차트 1위에 오르면서 백만장 이상이 팔렸다.

—「낙담한 스핑크스를 위한 타이틀 곡」 부분

시적 몽따주의 사례로서 이 시는 독립된 세가지 이야기가 연쇄 구조를 통해 하나로 통합되는 서사적 진술의 방식을 보여준다. 1연은 "스핑크스가 오이디푸스에게 죽임을 당해 나귀에 실려간 뒤 그를 두려워하거나 숭배하는 통행인은 더이상 없다"라는 문장에서 보듯, 신화적 서사를 토대로 현재의 변화상을 제시한다. 2연은 "그런 관광객 중의 한명"인 "3인조 록 밴드 패스트볼의 베이시스트 토니 스캘조"가 "서른세살의 여름"에 "신문에 난 한 노부부의 실종 기사를 읽"는 장면을 제시한다. 이어서 3연은 "텍사스에 사는 릴라와 레이먼드 하워드 부부"가 "1997년 6월, 가까운 템플 시에서 열리는 개척자의 날 축제에 가려고 차를 몰았"는데, "2주일이 지나 목적지로부터 북동쪽으로 수백 마일 떨어진 아칸소 주의 핫스프링스 국립공원 산기슭 아래서 숨진 채 발견"된 사건을 제시한다. 1연, 2연, 3연은 각각 스핑크스와 오이디푸스, 토니 스캘조, 릴라와 레이먼드 하워드 부부 등이 이야기의 중심을 이루면서 독립적인 서사 구조를 보여주지만, 시 전체는 토니 스캘조를 연쇄고리로 삼아 상호 연결되어 하나의 서사로 통합된다. 인용한 4연의 "토니 스캘조는 스핑크스로부터 '이 노부부는 왜 실종되었을까'라는 질문을 받았다"라는 문장은 1연, 2연, 3연의 이야기가 하나로 통합되는 연결고리를 제시하는 것이다. 토니 스캘조는 "하워드 부부가 길을 헤매다 숨진 것이 아니라 두 사람이 처음 만났던 행복하고 아름다운 시절로 돌아가려 했다고 대답했"고, "이런 자신의 생각을 「The way」라는 노래로 만들어" 발표하게 된다.

　　우리는 이 시에서 이창기의 최근 시에 드러나는 몇가지 특성을 확인할 수 있다. 첫째, 서사적 진술이 표면적으로는 사실을 토대로 작성된다는 점이다. 이창기가 시적 묘사보다 시적 진술에 비중을 두면서 기본적으로 채택한 것은, 육하원칙에 근거하여 객관적 사실을 전달하는 신문기사체 혹은 인물백과사전식 서술체이다. '상징의 밀도'와 '암시의 여백'을 만드는 시적 지향을 넘어서 '공간과 시간의 확산'을 만드는 서사적 진술을 선택한 시인이 그 극단에서 발견한 것이 객관적 산문의 문체라고 볼 수 있다. 둘째, 표면적으로는 사실에 근거한 객관적 산문의 문체를 구사하지만, 내용적으로는 사실과 허구가 공존하면서 혼재되어 있다는 점이다. 사실과 허구의 경계를 허물고 뒤섞어 혼재시키는 서사의 방법은 객관적 산문의 문체를 구사하면서도 시적인 것을 확보하려는 노력의 한 방편인데, 이 노력의 연장선에서 세번째 특성이 나타난다. 즉, 복수의 독립된 이야기를 어떤 연결고리를 이용하여 하나로 통합하는 서사 구조를 형성한다는 점이다. 이는 여러겹의 서사적 진술들이 원래 가지고 있는 상이한 시간 및 공간, 인물 및 사건의 일부를 도려내고 하나의 고리를 통해 통합하는 몽따주의 기법과도 연관시킬 수 있다. 이창기는 이러한 몽따주의 기법을 활용하여 사실과 허구, 동일성과 타자성, 과거와 현재와 미래 등의 경계를 허물고 이질적 혼재성의 공간을 생성시킴으로써 시적 풍자의 새로운 차원을 실험하는 것이다.

3. 인유와 패러디

이창기가 아이러니의 정신을 형상화하는 두번째 서사적 진술의 방법 및 시적 풍자의 방식은 인유와 패러디이다. 다음의 시는 시적 인유의 한 사례를 보여준다.

하지만 부자들은 이미 눈물을 없앴습니다. 자기들을 위해서 말입니다. 하지만 온 인류를 눈물에서 구제하려는 노력은 번번이 실패했습니다. 왜 실패했을까요? 일반적으로 부자들은 눈물을 흘리지 않고 살아갈 수 있는 특권을 누구에게도, 어떤 일로도 방해받고 싶어하지 않습니다. 제 땅에서는 전쟁이 일어나지 않아야 하고, 제 식구는 굶기지 않아야 한다는 교훈 때문입니다. 부자들은 연민과 무능의 결과인 눈물로 얼룩진 자의 삶을 위로하는 행사를 인류애 또는 사회공헌 활동이라 부릅니다.

she1054 (596.024.***.**)   추천 6 반대 0
실력이 모자라서 밤에 잠 못 자는 곳에 근무했는데 그걸 가지고 태클을 걸면 안되지. 24시간 일하고 24시간 휴무하는 곳에서 난 일하고 있다. 갈 곳이 없다. 하는 수 없이 근무한다. 시간외근무 수당도 안 준다. 그래도 먹고살기 위해 130 받고 일한다. 경비들은 더하다. 나와 똑같이 근무해도 100 받는다. 그래도 그 자리를 지키려고 최대한 일을 한다. 편하게 일하며 돈은 5배 이상 더 받는 자도 많다. 정말 고르지 못한 세상이다.

4시간 전
—「부자들은 눈물을 흘리지 않는다」부분

이 시는 '부르주아/프롤레타리아'의 계급 차이를 기초

개념으로 설정하고, '눈물'이라는 상징을 매개로 정치·경제적 풍자를 시도한다. 이 개념은 전반부에서 '아프리카' 및 '아시아'라는 제3세계와 "서구의 어떤 정부"의 대립관계로 설정되고, 후반부에서는 '부자'와 '가난한 자'의 대립관계로 설정된다. 그리하여 이 시는 '아프리카' '아시아' '가난한 자'의 '눈물'을 보여주고, 그것을 제거하려는 "서구의 어떤 정부" '부자'의 노력이 실패하는 과정, 그리고 "눈물로 얼룩진 자의 삶을 위로하는 행사를 인류애 또는 사회공헌 활동이라 부"르는 허위의식을 고발하고 비판한다.

이 시에서 특히 주목할 대목은 인터넷에 올린 다섯사람의 글을 인유하는 부분이다. 인터넷에 게시된 글을 직접 인유하는 방식은 사실에 근거한 '서사적 진술'의 한 유형을 이룬다. 어떤 이슈에 대해 네티즌들의 의견을 있는 그대로 인유함으로써 사실에 근거한 진술이라는 형식을 얻는 동시에, 다양한 관점의 차이 및 공유 부분을 제시하여 아이러니의 정신에 기초한 풍자의 효과를 거둔다. 특히 이러한 인유의 방식은 익명의 네티즌이 자유분방한 문체로 개진한 육성을 전달하여 '소외된 자'들의 다양한 내면 의식을 제시한다는 점에서 '부자'와 '가난한 자'의 대립관계라는 시적 주제를 효과적으로 형상화하는 하나의 방법이 될 수 있다.

평양냉면을 먹는 동안에는 신자유주의와 금융자본시

장을 부러운 눈길로 바라본다 진보와 개혁은 발라내 분리수거하라 주적도, 인문학의 풍토도, G20도, 경제민주화도, FTA도 수육 반접시에 털어넣는다 올겨울 크리스마스캐럴은 한미연합사에 맡겨라

　그러나

　신용불량, 중고차, 짭새, 준비생, 공시촌, 포인트 카드, 심부름센터, 농촌 총각, 불법체류자, 비정규직, 고공 농성, 분신, 화염병, 불법 다운로드, 노숙자, 성매매, 불법 시술, 가계 부채, 대포폰, 야매 틀니, 탈주범, 포르노 싸이트, 급전, 몰카, 키스방, 실업수당, 폭주족, 삼각김밥, 유기견, 매운 떡볶이, 시간제 알바, 주차 위반, 급매매, 야구방망이, 달방, 일용직, 헛스윙, 신상털기, 무료 급식소, 대리운전, 연체료, 가격 파괴, 잡상인, 카드빚, 날치기, 무보증,

　나는 이 모든 무수한 반동과 수시로 내통한다
　매일매일
　이 땅에 빌붙어 살아남기 위해서
　21세기의 새로운 전통을 만들기 위해서

　나에게 놋주발보다도 더 쨍쨍 울리는 추억이
　있는 한 이 거대한 뿌리에 매달린
　나는 얼마나 정의로운가

떨어질 줄 모르는 나의 겨울 이파리는 또 얼마나 푸른가
   —「상록수―김수영 「거대한 뿌리」에 답함」 부분

이 시는 제목에서 보듯, 김수영의 시 「거대한 뿌리」를 패
러디한 작품이다. 한편으로는 "전통은 아무리 더러운 전통
이라도 좋다"라는 문장으로 압축될 수 있는 「거대한 뿌리」
의 주제 및 산문적 진술의 문체를 그대로 따르면서, 한편
으로는 그 변주와 변형을 시도한다. 김수영 시의 "비숍 여
사와 연애를 하고 있는 동안"이라는 문장은 "평양냉면을
먹는 동안"으로 변형된다. 김수영의 경우 이자벨 버드 비
숍 여사가 쓴 『한국과 그 이웃나라들』을 읽은 경험이 전통
에 대한 긍지를 깨닫는 계기가 되었다면, 시적 화자의 경우
"을지면옥의 평양냉면"을 먹는 경험이 "21세기의 새로운
전통을 만들"려는 의지를 갖는 계기가 된다. 즉, 이 시는 과
거의 전통이 아니라 현재의 새로운 전통을 만들려는 의지
를 근간으로 "신자유주의와 금융자본시장을 부러운 눈길
로 바라"보기도 하고, "진보와 개혁"을 "분리수거하라"고
주장하기도 하며, "주적도, 인문학의 풍토도, G20도, 경제
민주화도, FTA도 수육 반접시에 털어넣"고, "올겨울 크리
스마스캐럴은 한미연합사에 맡"기라고 외치는 등 논란이
되는 현실적 이슈들을 무효화하는 긍지의 각성을 경험하게
된다. 이 긍지의 각성은 '평양냉면'이 상징하는 남북의 동

질성 확인 및 분단 극복의 확신에서 비롯된다고 간주할 수 있을 것이다.

한편 "신용불량, 중고차"에서 "불법체류자, 비정규직, 고공 농성" 및 "몰카, 키스방, 실업수당"을 거쳐 "카드빚, 날치기, 무보증" 등에 이르는 우리 시대의 정치적·경제적·사회적 제반 현상을 '반동'이라고 간주하고, 그 "무수한 반동과 수시로 내통한다"고 진술하는 대목은 김수영의 시와 유사하지만, "매일매일/이 땅에 빌붙어 살아남기 위해서"와 "이거대한 뿌리에 매달린/나"라는 대목은 현실에 대한 풍자의 목소리에 냉소적 자기모멸의 의미를 개입시킨다는 점에서 차이가 있고, 이러한 시적 상충으로부터 시적 긴장이 형성된다. 앞서 말한 대로, 이러한 아이러니는 패러디의 기법뿐만 아니라 이창기가 시도하는 다양한 서사적 진술의 방법 및 시적 풍자의 방식에 공통분모로 작용하는 중요한 특성이라고 볼 수 있다.

> 가슴이 붉은 딱새는 오전보다 오후에 잘 나타나는데, 잔디밭에서 자라고 있는 마른 단풍나무의 가지에 자주 앉는다.
>
> ──오규원 『가슴이 붉은 딱새』

벌레 먹은 잎, 벌레 먹지 않은 잎, 이 두 부류의 사랑만이 존재한다고 믿던 시절이 있었지. 한 잎을 사랑한 벌레

의 그 솜털, 그 맑음, 그리고 그 벌레를 사랑한 한 잎의 보
일 듯 보일 듯 한 순결과 자유가 있다고 믿었었지.

하지만 슬픔에 잠긴 물푸레나무의 그림자는 말했다네.
빌린 벌레를 갚지 않은 잎에 대해, 남의 벌레를 먹은 잎과
벌레라면 치를 떠는 잎에 대해, 벌레가 아니면 아무것도
아닌 잎과 벌레 같지 않은 잎에 대해, 벌레를 낳지 못한
잎과 벌레만도 못한 잎에 대해, 감당할 수 없을 만큼 끔찍
하게 벌레 먹은……

—「벌레가 아니면 아무것도 아닌 잎과」 부분

이 시는 오규원의 산문 및 시를 인유하는 방식, 뉴스 기사
를 인유하는 방식, 오규원의 시를 패러디하는 방식 등을 공
존시키거나 혼재시키고 있다. 오규원의 산문집 『가슴이 붉
은 딱새』에 수록된 한 문장을 인유하거나, 오규원의 시 「한
잎의 여자」 「길」 「저기 푸른 하늘 안쪽 어딘가~」 등을 패
러디하거나 일부 대목을 인유해 '오규원' 시인이 하나의 공
통분모로서 연결고리의 역할을 담당한다. 좀더 구체적으로
는 오규원의 산문과 시에 등장하는 "가슴이 붉은 딱새" "벌
레 먹은 잎"과 "벌레 먹지 않은 잎" "길" "푸른 하늘" 등의
이미지가 상호 연쇄의 매개를 이루어 전체적 구조를 형성
한다. 이처럼 이창기의 시에서 인유와 패러디는 독립적으

로 구사되기도 하고 상호 결합되어 구사되기도 한다.

우리는 아이러니의 정신을 형상화하는 다양한 서사적 진술의 방법 및 시적 풍자의 방식인 알레고리와 몽따주, 인유와 패러디 등이 상호 결합되어 나타날 때 연결고리로서 작용하는 요소로서 시적 대상이나 이미지의 차원뿐만 아니라 시적 원리의 차원에 대해서 특히 주목할 필요가 있다.

4. 혼재향의 시간 구조

이창기의 시에서 아이러니의 정신을 형상화하는 다양한 서사적 진술의 방법 및 시적 풍자의 방식이 상호 결합되어 나타날 때 연쇄의 매개로서 작용하는 시적 원리는 동시다발적 시간, 즉 미로의 시간 구조이다. 이 미로의 시간 구조는 니체의 영원회귀적 시간관과 연관되며, 보르헤스의 이질적 혼재의 시간관과도 연관된다. 보르헤스의 시간관은 '과거'와 '현재'와 '미래'가 순환하거나 역행하기도 하며 복잡다기하게 갈라지고 뒤섞이며 동시에 공존한다. 이질 혼재적 시간성으로 인해 보르헤스의 작품은 현실과 환상, 주체와 대상, 작가와 독자 등의 경계가 와해되고 카오스적이고 불가해한 우주적 공간을 창출한다. 미셸 푸꼬는『말과 사물』의 서문에서 이처럼 무질서하고 혼돈스러운 공간을 일컬어 '혼재향(heterotopia)'이라고 명명한 바 있다. 이 창기가 '혼재향의 시간 구조'를 서사적 진술 및 시적 풍자의 원리로 채택하는 방식 및 그 효과에 주목해보자.

주님께서 사람들이 짓고 있는 도시와 탑을 보려고 내려오셨다. 주님께서 말씀하셨다. "보아라, 사람들이 같은 말을 쓰는 한 백성으로서 이렇게 이런 일을 하기 시작하였으니, 이제 그들은 하고자 하는 것은 무엇이든지 하지 못할 일이 없을 것이다. 자, 우리가 내려가서, 그들이 거기에서 하는 말을 뒤섞어 그들이 서로 알아듣지 못하게 하자."

—창세기 11장 5~7절

(…)

모든 것이 순조로웠다. 다만 한가지 불만은 밤에도 일을 해야 하는 것이었다. 그는 민들레꽃처럼 낮에 일하고 밤에는 잠잘 수 있기를 바랐다. 그러나 회사는 이 요구를 받아들이지 않았다. 2011년 봄, 노조와 회사 간의 대립은 결국 파업으로 이어졌다. 그 역시 파업에 찬성하긴 했지만 서로 조금씩 양보해 타협하면 다시 일을 할 수 있을 것이라고 믿었다. 그러나 파업은 직장폐쇄, 공권력 투입, 회사 밖 비닐하우스 농성으로 이어졌다. 육개월 동안의 우여곡절 끝에 노조원 전원이 회사에 복귀하는 것으로 일단락되는 듯했지만 복귀한 지 얼마 지나지 않아 대량 징계와 해고, 복수노조의 설립으로 혼란은 계속됐다.

"배신해서 미안하다."

"우린 동료였는데 왜 한순간에 적이 됐나."

2011년 12월 13일 회사 탈의실에서 목을 매다 발견된 양지꽃 씨의 일기장에는 이같은 말이 담겨 있었다. 다섯번째 자살시도라고 했다. 양지꽃 씨는 공권력 투입 이후 가장 먼저 복귀한 노조원 중 한명이었다. 그러던 어느날 정문 앞에서 노조원들과 용역경비들이 맞붙었다. 양지꽃 씨는 '구사대'라는 이름으로 쇠파이프와 소화기 등을 든 용역들 뒤에 서 있었다.

(…)

이들은 주야간 교대근무제를 주간 연속 2교대제로 바꿔달라는 자신들의 요구가 온당하고 소박하다고 생각했고, 자신들에게 주어진 일과 회사에 대한 사랑과 헌신이 영원하길 바랐다. 뒷날 직업과 사회적 지위에 따라 각양각색의 인물이 망라된 21세기통일백과사전에는 이들의 이야기를 '남편을 잃고도 다시 결혼하지 않은 여인' 다음에 '회사를 사랑했던 남자들'이라는 항목으로 기록했다.

오래전 충남 아산의 성벽 밖에서 나지막한 돌무더기

를 보았고, 그곳이 옛날에 바빌론기업이라는 회사가 있던 곳이란 이야기를 들었다. 이 근동 사람들은 지금도 그 돌무더기 옆을 지나가면 옛날에 그랬듯이 자신이 다니던 회사의 모든 것을 사랑하게 된다고 믿고 있었다.

—「회사를 사랑했던 남자들」 부분

이 시는 전체적으로 "노조와 회사 간의 대립"이 "파업으로 이어"지고, "직장폐쇄, 공권력 투입, 회사 밖 비닐하우스 농성으로 이어졌"으며, "육개월 동안의 우여곡절 끝에 노조원 전원이 회사에 복귀"했으나, "얼마 지나지 않아 대량 징계와 해고, 복수노조의 설립으로 혼란은 계속"되었던 사건을 토대로 재구성된다. 이 사건에 대한 각 연의 서사적 진술은 내용, 진술 방식, 시간성 등 다양한 층위에서 차별성을 가지는데, 이 이질적인 서사적 진술들을 동시적으로 공존시키는 재구성의 방법론을 주목할 필요가 있다.

인용구는 성경의 창세기에 기록된 바벨탑 사건을 인유한다. 내용은 종교적 관점에 입각해 있고, 진술 방식은 성경식 역사 기록의 문체를 따르며, 시간성은 인류의 근원적 시간, 즉 과거에 속해 있다. 서사적 진술의 방법 및 시적 풍자의 방식은 '인유'인데, 유의할 부분은 "말을 뒤섞어 그들이 서로 알아듣지 못하게 하자"라는 문장이 보여주듯, 이 시의 중심 모티프는 '언어'이고 중심 주제는 '언어 소통의 실패'

와 연관된다는 점이다. 이와 함께 이창기 시의 중심 모티프를 다시 살펴보면, 「겨울 아침의 역사」의 경우 '거짓말'이고, 「오늘의 시」와 「시의 시대」의 경우 '시'이며, 「낙담한 스핑크스를 위한 타이틀 곡」의 경우 '노래'이고, 「부자들은 눈물을 흘리지 않는다」의 경우 '인터넷 싸이트의 글'이며, 「상록수」와 「벌레가 아니면 아무것도 아닌 잎과」의 경우 기존 시인의 '시'라는 점에서, '언어'를 주축으로 중심 모티프가 회전하고 있음을 확인할 수 있으며 공통적인 주제는 '언어의 소통 및 굴절'이라는 점을 확인할 수 있다. 또한 「오늘의 시」와 인용 시를 비교하면, 전자가 제기한 '언어의 집중과 확산'이라는 주제와 후자가 제기한 '언어의 통합과 분산'이라는 주제는 일맥상통한다. 이러한 주제를 철학적 개념으로 정리한다면, 언어의 보편성과 개별성 사이의 아포리아(aporia)라고 말할 수 있을 것이다. 다시 말해, 이창기는 언어의 보편성과 개별성 사이에서 균형을 잡는 아이러니의 정신으로 사회 제반 문제에 대응하여 시적 풍자를 시도하면서 '언어 소통의 문제'를 중핵으로 간주하고 그 해결책을 모색한다고 볼 수 있다.

2연은 노조와 회사 간의 대립이라는 현실의 문제를 전지적 작가 시점의 요약적 서술로 제시한다. 내용은 노동조건을 중심으로 현실 경제의 관점에 입각해 있고, 진술 방식은 역사 기록의 문체와 소설의 문체를 혼합한 듯한 서사적 문체를 따르며, 시간성은 "2011년 봄"이 보여주듯 현재에 속해 있다. 서사적 진술의 방법 및 시적 풍자의 방식은 '간접화법의 객관 서술'인데, 유의할 부분은 사건의 진실에 근접하려는 태도와 함께 주인공인 '그'와 심리적 거리를 확보함으로써 객관적 서술의 방식이 나타난다는 점이다. 3연은 전지적 작가 시점의 요약적 서술에 직접화법의 대화가 첨가되는 방식을 보여준다. 서사적 문체라는 점에서 2연과 유사하지만, "배신해서 미안하다" "우린 동료였는데 왜 한순간에 적이 됐나"라는 문장이 보여주듯, 직접화법의 대화가 삽입됨으로써 현장감이 강화되는 데에서 오는 리얼리티의 효과를 낳는다. 따라서 2연의 '간접화법의 객관 서술'에 '직접화법의 주관 서술'의 요소가 가미된다.

한편 6연은 전지적 작가 시점의 요약적 서술에 현재 시점에서 미래를 예언하고 그것을 다시 과거의 사건으로 간주하는 역사 기록적 진술이 첨가되는 방식을 보여준다. 내용은 역사적 사건에 대한 전체적 평가의 관점에 입각해 있고, 진술 방식은 역사 기록적 문체 및 인물백과사전식 문체를 따르며, 시간성은 현재 시점에서 미래인 과거를 내다보는 관점을 보여준다. "뒷날 직업과 사회적 지위에 따라 (⋯) '회사를 사랑했던 남자들'이라는 항목으로 기록했다"라는 문장은 현재 시점에서 미래에 발생할 일을 예언하되 그 일을 다시 과거시제 서술어로 기록한다. 이처럼 미래를 과거로 만드는 이질 혼재적 시간성은 이창기의 최근 시가 보여주는 '혼재향의 시간 구조'를 선명히 보여준다. 반면 마지막 연은 전지적 작가 시점의 요약적 서술에 미래 시점에서 과거인 현재를 기억하는 역사 기록적 진술이 첨가되는 방식을 보여준다. 내용은 역사적 유물에 대한 기억의 관점에 입각해 있고, 진술 방식은 풍문과 관습적 믿음의 문체를 따르며, 시간성은 미래 시점에서 과거인 현재를 돌아보는 관점을 보여준다.

결국 이 시는 각 연이 내용, 진술 방식, 시간성 등 다양한 층위에서 차별성을 가지고 진술되지만, 복잡다기하게 갈라지는 이질적인 서사들을 동시에 공존시키고 혼재시킨다. 이질 혼재성으로 요약될 수 있는 이러한 재구성의 방법에서 중핵을 차지하는 것은 '혼재향의 시간 구조'이다. '과거'와 '현재'와 '미래'가 복잡다기하게 갈라지고 뒤섞이며 동시에 공존하는 미로의 시간성은 이창기의 최근 시가 시도하는 새로운 실험의 핵심을 이룬다. '혼재향의 시간 구조'는 아이러니의 정신을 형상화하는 서사적 진술의 방법 및 시적 풍자의 방식인 알레고리와 몽따주, 인유와 패러디 등의 다양한 차원들을 전체적 구도 속에 편입시키면서 카오스적이고 불가해한 시적 공간을 만들어낸다. 이창기는 시적 아이러니와 풍자의 다층적이고 복합적인 방식을 사실과 허구, 동일성과 타자성, 과거와 현재와 미래 등의 경계가 와

해되는 혼재향의 시간 구조와 긴밀히 결부시킴으로써 사회
적 비판 및 정치적 풍자의 새로운 차원을 개척하는 것이다.

吳澄煥 | 문학평론가

1976년 처서 지나고 나는 마루에 누워 신문 연재소설을 읽고 있었다. 그때 문득 내가 아는 사람들이 하나같이 닥치는 대로 살아가고 있다는 것을 깨달았다. 그들이 무엇에 쫓기고 있으며 그들에게 무엇이 결여되었는지 알고 싶었고, 그 모든 것으로부터의 자유를 꿈꿨다. 나는 술과 시를 출구 삼아 용맹정진했다.

하지만 나는 너무 많은 것들에 둘러싸여 지냈다. 나는 그들과 함께 밥을 먹고 일을 하고 길을 걸었지만 명백하게 나와 나 아닌 것을 분간할 수 없었다. 즐거운 적도 없진 않았으나 돌아누우면 항상 고단하고 두려웠다. 어떤 날은 몸과 마음이 모두 절망적이었다.

혼자 있을 때 종종 내 목소리를 들었다. 어떤 때는 이야기를 하는 것 같기도 하고, 어떤 날은 노래를 부르는 것 같기도 했다. 간간이 유머도 섞여 있었지만, 목소리는 대체로 낯설고 불안했다.

이야기는 잘 짜여 있지 않았고, 결말은 대체로 불행하거나 흐지부지했다. 내가 부르는 노래는 어느 곳에도 다다르지 못했다. 노래의 형식미는 나를 더 못 견디게 했다. 나 역시 닥치는 대로 살아왔던 것일까.

 '최본오학(崔本吳學)'. 원초적인 문학의 기억을 일깨워주신 최인훈 선생님, 관념과 나태에 굴복하지 않도록 가르쳐주신 오규원 선생님을 우암의 증주(曾朱)와 맞바꿔 벽에 세우고 통곡하듯 이 시집을 바친다.

2014년 10월

이창기

창비시선 380

착한 애인은 없다네

초판 1쇄 발행 / 2014년 10월 20일

지은이 / 이창기
펴낸이 / 강일우
책임편집 / 김선영
펴낸곳 / (주)창비
등록 / 1986년 8월 5일 제85호
주소 / 413-120 경기도 파주시 회동길 184
전화 / 031-955-3333
팩시밀리 / 영업 031-955-3399 편집 031-955-3400
홈페이지 / www.changbi.com
전자우편 / lit@changbi.com

ⓒ 이창기 2014
ISBN 978-89-364-2380-3 03810

* 이 책 내용의 전부 또는 일부를 재사용하려면
  반드시 저작권자와 창비 양측의 동의를 받아야 합니다.
* 책값은 뒤표지에 표시되어 있습니다.